17 NUANCES

DE FOLIE

17 NUANCES DE FOLIE

Collectif d'auteurs

ISBN : 978-2-37011-357-3
Éditions Hélène Jacob – 13 Impasse Victor Gesta – 31200 Toulouse
Imprimé par Create Space – États-Unis
14,90 €
Dépôt Légal Octobre 2015

Design couverture : Jérémy Calli

JEUX DE MAINS

Marie-Pierre BARDOU

« Tu ne trouves pas qu'il y a une drôle d'odeur ? » En insérant la clef de mon casier dans la serrure idoine, j'opine de la tête. Sandrine a raison, mais je serais plus tentée de dire que ça schlingue carrément ! Nous ouvrons nos casiers en même temps, sortant nos sacs contenant nos affaires de boulot. Le local est silencieux et vide.

Tandis que nous faisons le tri dans les innombrables papiers – tracts, informations de la Direction, plannings, etc. –, accroupies sur la moquette, l'odeur écœurante, douceâtre me prend à la gorge et me donne envie de vomir. La pâleur de Sandrine me confirme qu'elle partage mon dégoût.

— Il faudrait prévenir Ferrière, me dit-elle. Quelqu'un a dû oublier un truc pas très net là-dedans.

Nous refermons nos casiers au moment même où la porte s'ouvre et monsieur Ferrière, le responsable des services généraux, fait une entrée aussi digne qu'à l'accoutumée. Ancien militaire à la retraite, c'est plutôt un bel homme, rigide et aussi souriant qu'une armoire en fer. Il fait une grimace en humant le délicat fumet.

— J'ai reçu des plaintes, nous dit-il de sa voix de stentor. D'après vous, d'où vient cette odeur ?

Nous nous relevons et, durant quelques minutes, nous voilà tous les trois le nez en l'air comme des chiens de chasse. Ridicule. Je crois que je vais vomir.

Sandrine indique sa droite du menton, elle est encore plus verdâtre que tout à l'heure.

— Par là, je crois.

Armé de son passe, Ferrière marche d'un pas martial vers la direction incriminée et ouvre plusieurs casiers au hasard. Rien.

— Plus bas, peut-être ?

Sur ma suggestion, il ouvre le dernier casier et nous reculons aussitôt. L'odeur a envahi nos narines et nous soulève le cœur.

— Les fenêtres !

Tandis que Sandrine court vers les baies vitrées, je me penche avec Ferrière pour voir quel est le truc infâme qui répand un parfum pareil. Le nez pincé, je distingue une forme vague au fond du casier, enveloppée dans un chiffon sale. Maugréant dans sa barbe – qu'il n'a pas –, Ferrière sort la chose à pleines mains et l'exhibe au grand jour.

— Il y en a un qui va m'entendre ! éructe-t-il en écartant le tissu.

— C'est quoi ?

La tête toujours penchée à la fenêtre grande ouverte, Sandrine lance un regard circonspect tandis que Ferrière ouvre le paquet-surprise. Je reste plusieurs secondes le regard accroché à cette forme indistincte, d'une couleur blanchâtre. Ça me rappelle quelque chose, oui, mais quoi ? J'en ai oublié de me pincer les narines ; et, quand je comprends enfin, c'est ma bouche que mes doigts étouffent. Surtout ne pas hurler ni vomir.

C'est une main. Une main humaine, coupée à hauteur du poignet.

Le bruit sourd d'une chute nous arrache à notre contemplation horrifique. Nous nous retournons : Sandrine est tombée dans les pommes.

— On peut peut-être lancer un avis de recherche ? Une petite annonce sur l'intranet ?

— Oui. « Qui a perdu sa main ? Prière de venir la chercher chez les huissiers. »

— « Merci de vous munir du membre restant pour identification. »

Nous pouffons comme deux idiotes sur nos chaises. L'hystérie nous guette. Le lieutenant nous lance un regard navré. Il doit douter de notre équilibre mental, c'est sûr.

Ceci dit, il y a quand même quelqu'un qui n'a plus qu'une main à l'heure qu'il est.

— Est-ce que vous croyez qu'il s'en est rendu compte ?

— De quoi ?

— Ben qu'il lui manque quelque chose.

— Je ne sais pas, on peut faire le tour de la boîte avec un écriteau : « Êtes-vous sûrs qu'il ne vous manque rien ? »

Nouvel accès de fou rire nerveux. Nous nous tortillons sur nos chaises tandis qu'un autre policier entre dans le bureau, déposant un papier devant le lieutenant pour ressortir aussitôt.

— Les empreintes n'ont rien donné. La personne à qui… hum… appartient cette main n'est pas fichée par la police.

— Une main vierge, en quelque sorte.

J'essaie de garder mon sérieux quand le lieutenant nous dévisage à nouveau.

— Écoutez, je comprends que vous soyez choquées, mais essayez de garder votre calme. Il y a de fortes chances pour que le propriétaire de cette main soit mort.

— Quoi ?

Le lieutenant dévisage Sandrine avant de sourire enfin, très légèrement :

— Si ce n'était pas le cas, Mademoiselle, ne pensez-vous pas qu'on en aurait entendu parler ? Si quelqu'un avait eu la main tranchée par accident, vous trouvez logique qu'il la confie à un collègue et s'en retourne tranquillement travailler ?

Cette image me donne une envie folle de hurler de rire. *Tiens, tu me gardes ça jusqu'à ce soir ?*

Je dois être rouge comme une écrevisse. Le lieutenant pousse un verre d'eau vers moi.

— Mesdemoiselles, ce Thibaud Gerfois vous semble-t-il…

— Franchement, ce n'est pas possible qu'il y soit pour quelque chose. Thibaud n'est pas… pas…

Je lance un regard goguenard à Sandrine qui bafouille, rougit et finit par se taire. Évidemment. Thibaud est un peu le chouchou de ces dames.

Grand, mince, éternellement bronzé, un charme à faire fondre le cœur le plus endurci.

— C'est la personne la moins susceptible de commettre un acte répréhensible que je connaisse, renchéris-je.

Est-ce que couper une main est répréhensible ? Oui, hein ? Mais il l'a peut-être trouvée par terre ? Et pourquoi l'avoir mise dans son casier, bon sang ? Il voulait quoi ? La faire empailler et en orner ses étagères ?

— Le problème, déclare enfin le lieutenant, c'est qu'il est le seul à avoir la clef de son casier.

— Sauf monsieur Ferrière. Il a un passe.

— Vous trouvez monsieur Ferrière plus crédible dans ce rôle ?

On se tortille à nouveau sur nos chaises. Ferrière, notre militaire à la retraite caricatural ? Ferrière avec une hache et… bon, ça suffit !

Le lieutenant se lève.

— Nous allons faire le tour des hôpitaux de la région et interroger toutes les personnes concernées. Mais si rien ne vient relancer cette affaire, j'ai bien peur qu'on fasse chou blanc.

Relancer cette affaire ? Ça veut dire quoi, au juste ? Il attend qu'on découvre l'autre main dans un casier ?

Avec un soulagement certain, nous retrouvons la lumière et le vacarme de la ville. Nous hésitons devant le poste de police, clignant des yeux sous la lumière vibrante de cette journée d'été.

Sandrine se tourne vers moi.

— On retourne au boulot ?

— OK. Et on pourra interroger un peu les gens autour de nous.

Oh oui, quelle bonne idée !

— Le lieutenant va avoir besoin… d'un coup de main.

En riant comme des bossues, nous traversons la rue. C'est horrible, en fait.

— Tu me donnes la main ?

— Je préfère encore qu'on me la coupe !

Deux passants nous dévisagent tandis que nous hurlons de rire sur le trottoir.

**
**

Nous rejoignons nos postes de travail : sur notre planning, qui ne nous quitte jamais – comme la syphilis ne quitte jamais un syphilitique –, il est indiqué que nous sommes programmées pour être exploitées de 10 heures à 18 heures dans le poulailler – soit le sixième et dernier étage de la tour, qu'ils ont installé l'année dernière, car ils ne savaient plus où coller leurs esclaves.

Nous rejoignons donc le lieu des opérations, saluant les collègues déjà en place. Je branche mon casque et allume mon ordinateur, m'attendant toujours – mais en vain – à voir autre chose que l'écran d'accueil déprimant de Paradis Telecom.

Je descends mon micro au niveau de ma bouche et j'appuie sur la touche « dispo » au moment où Sandrine pousse un petit cri étranglé. Je me tourne vers elle et la trouve assise au poste à côté du mien, le nez penché vers la moquette sous ses pieds. Elle est blanche comme un fantôme.

— Qu'est-ce que tu as, choupinette ?

— Là… là…

Et comme elle me désigne, d'un doigt tremblant, le sol juste sous elle, je pousse légèrement son fauteuil à roulettes pour découvrir l'objet de sa terreur.

Ah ben merde alors. Maintenant, c'est le pied.

**
**

Le pied, oui.

J'essaie d'effacer de ma rétine l'image résiduelle de l'affreuse chose qui était posée bien tranquille par terre, près de notre bureau. Et qui maintenant, je suppose, est au labo des flics.

Le lieutenant me parle ; je me force à revenir au présent.

— Le coupable de cette sinistre mascarade semble vous avoir choisies comme… découvreuses, Mesdemoiselles.

Je crois que je vais péter un câble pour de bon.

Une envie irrésistible de faire de l'humour macabre me tenaille et je finis par lâcher un peu glorieux :

— Il a pris son pied, oui.

— Ou elle ! renchérit Sandrine. Les filles aussi ont le pied sûr.

— La main leste et le pied sûr ?

Et c'est reparti.

Le flic nous observe un instant, deux choses cramoisies et échevelées qui gigotent sur les sièges inconfortables de la salle d'interrogatoire, enchaînant les « C'est peut-être un pied marin » et les « On lui a fait un croche-pied » complètement débiles.

Il attend qu'on se calme, ce que nous finissons tout de même par faire.

— J'ai conseillé à vos… supérieurs hiérarchiques de vous octroyer quelques jours de repos. Une psychologue spécialisée dans le stress post-traumatique va vous recevoir, elle vous prescrira sûrement un traitement…

— Super ! Elle va nous remettre sur pied !

— Mégane… Tu as la main lourde, là…

— Bon, ça suffit maintenant ! Calmez-vous un peu, ou je vais être obligé de vous coller en cellule de dégrisement !

Papa fait les gros yeux. Nous nous rencognons sur nos chaises métalliques. Sandrine reprend la conversation comme si de rien n'était.

— Vous avez trouvé à qui appartiennent ces… ces… membres ?

— À la même personne, heureusement.

Ah. D'accord. On a donc une seule victime, sans main gauche et sans pied droit. Pas très pratique quand même pour se déplacer.

— Les membres amputés sont ceux d'un homme blanc entre 40 et 50 ans. Il n'est pas fiché par la police et nous n'avons reçu aucune plainte pour agression ou enlèvement que l'on pourrait rapprocher de cette affaire.

Et de nous expliquer que lors d'une amputation de ce genre, sans intervention médicale, la victime se vide de son sang en deux ou trois heures grand max. Ça laisse peu d'espoir, vu que l'enquête dans les hôpitaux de la région n'a rien donné.

— Nous allons interroger tous les employés de Paradis Telecom, un par un. Mais vous vous doutez que ça va prendre du temps.

Près de mille personnes à interroger, certes ! J'ai de la peine pour ces enquêteurs qui vont devoir se frapper toutes ces conversations idiotes, la plupart avec des gens dont le niveau de culture générale est plafonné à la lecture de *Voici* et de *Gala*. Mais bon, c'est leur problème. Le mien, dans l'immédiat, est d'oublier que je me suis colletée avec deux membres mutilés et que je commence à avoir une putain de réputation de merde !

*
* *

Je trépigne en regardant l'heure affichée tout en bas à droite de mon écran d'ordinateur. 17 h 58. J'ai rangé mon bureau, plus rien ne traîne, ni stylo ni papier. Il ne restera plus que mon casque à glisser dans mon sac, si toutefois je survis à ces deux minutes interminables. Mon sac est à mon épaule, ma veste sur mon dos, je suis à demi-levée, il est 17 h 59. Je compte mentalement les secondes : 17 h 59 min 3 s, 17 h 59 min 4 s, 17 h…

— Paradis Telecom, bonjour !

Merde, merde et re-merde ! Je me suis encore fait avoir ! Furieuse, je me rassois, en espérant que mon client s'étrangle, ou autre miracle qui me permettrait de quitter mon poste à l'heure prévue sur mon planning. Mais Dieu, ce jour-là, a d'autres priorités.

— Enfin ! Quelqu'un décroche ! Qu'est-ce que vous foutez chez Paradis Telecom, ça fait huit minutes que j'attends, huit !

— Mon nom est Margot Laroche. Que puis-je faire pour vous ?

Il est évident que mon nom n'est pas Margot Laroche. Il s'agit uniquement du pseudonyme que mes supérieurs m'ont attribué lors de mon embauche en ces lieux de délices. Ils ont une liste – je l'ai vue – composée de noms et de prénoms qui, à leur sens en tout cas, correspond parfaitement à l'idée que l'on se fait d'un Français de bonne souche. Très rigolo d'entendre Izman, l'une de mes collègues aussi belle que noire de peau et qui n'a jamais pu perdre son accent « de là-bas », tenter de faire croire à ses clients qu'elle se nomme Éliane Rocheclaire !

Mais bon, si ça les amuse, je peux aussi bien me faire appeler Brad Pitt.

Mon client agressif s'est donc calmé, sans doute impressionné d'avoir en ligne une femme s'appelant « Laroche, comme une roche ».

Et je plie enfin bagage à 18 h 12. D'une humeur de dogue allemand, je me dirige vers les casiers, sans vraiment comprendre ce qui me rend aussi furax. Après tout, je n'ai rien de très important à faire ce soir ! Mais c'est plus fort que moi : j'ai toujours l'impression qu'« on » me vole mon temps libre, même si cette liberté ne se traduit que par un affalement immédiat sur mon canapé-engloutisseur !

La salle est pleine à craquer. Une bonne vingtaine de gars en uniforme font barrage, l'air peu aimable, m'enjoignant du menton d'aller m'amuser ailleurs. Je me hausse sur la pointe des pieds, l'air de rien, essayant de voir quel – ou quels – casier ils sont en train de fouiller. Je crois bien que c'est le mien.

— Ah, Mademoiselle Morvan ! Vous tombez à pic. Laissez passer, Messieurs !

Les cerbères s'écartent, me font une haie d'honneur jusqu'au lieutenant qui, debout devant mon casier, me le désigne d'un doigt accusateur.

— Vous avez peut-être une explication à me fournir ?

Je me penche, le casier est ouvert, au fond je distingue une forme vague enveloppée de linges d'une propreté douteuse. Les gars ont écarté les tissus, je reconnais la couleur grise et écœurante de la chair morte – j'avais perçu l'odeur bien avant.

Une mèche de cheveux s'échappe des linges. Je me redresse en luttant contre la nausée.

— Une tête ?

— Oui. Je dois vous poser la question : est-ce vous qui l'avez déposée là ?

Bien sûr. Je suis vraiment la pauvre fille de service, trop conne pour ne pas comprendre que mettre une tête coupée dans son casier peut être mal interprété. J'ai une furieuse envie de vomir, mon teint verdâtre en témoigne : le lieutenant s'éloigne un peu de ma personne.

— Non, réponds-je enfin. Vous l'avez identifiée ?

— Pas encore. Vous allez devoir l'observer attentivement, je suis désolé.

Je hoche la tête, pendant qu'un des flics prend délicatement la preuve du délit entre ses mains gantées pour la sortir du casier. Il me la présente, encore enveloppée de ses linges malpropres, comme s'il m'offrait un super cadeau de Noël. Je déglutis.

— Vous êtes prête ?

Un signe de la main suffit : le policier écarte les couches de tissu. Les yeux sont ouverts, la bouche est ouverte, les lèvres crispées sur un rictus que j'ai déjà vu dans les films d'horreur.

— Alors ? Si vous vous sentez mal, je peux…

— Je ne le connais pas. Je peux sortir, s'il vous plaît ?

Il opine et je me précipite dehors, hors de la pièce bondée et étouffante, hors de l'immeuble. Le soleil m'accueille sur le parvis, je m'assois par terre. Bien sûr que je l'ai reconnue, cette tête de con.

*
* *

— C'est ce qu'on appelle se retrouver en tête à tête, non ?

— Ou ne plus avoir la tête sur les épaules…

— Mieux encore : faire la tête !

— Ça suffit, maintenant !

— Oui, vous avez raison, Lieutenant… gardons la tête froide !

Exaspéré, le policier ne sait plus où donner de la tête. On est bien parties pour notre délire habituel… Il finit par taper du poing sur la table, littéralement, nous faisant sursauter par la même occasion.

Je donne un léger coup de pied à Sandrine sous la table et tente de prendre un air digne.

— Désolée, Lieutenant… Nous avons…

— … perdu la tête ! complète Sandrine, très satisfaite d'elle-même.

Puis nous nous taisons, contrites. Je reprends la main :

— Écoutez, vous pouvez comprendre que cette dernière découverte nous chamboule un peu, non ?

— Du coup, il nous reste quoi à découvrir ?

— Ben, on a déjà toutes les extrémités du bonhomme, il nous manque plus que le tronc et les jambes.

— Oui, il a fait une…

— Non, ne le dites pas ! Ne le…

— … tête à queue !

Le lieutenant se lève d'un bond.

Il a de quoi nous coller derrière les barreaux, ne serait-ce que par prudence : le soir même, nous avons découvert la tête de la victime dans mon propre casier et la verge dans celui de Sandrine – qui râlait d'avoir hérité de « ce machin-là ».

Toujours pas identifié, le type en morceaux. Les membres épars ont tous été amputés de son vivant, ce qui veut dire que la tête a été le dernier prélèvement effectué. Tout ce bric-à-brac morbide repose désormais entre les mains des légistes, qui s'échinent à identifier le pauvre gus. Un homme blanc, entre 40 et 50 ans, a priori en bonne santé – enfin, avant qu'on ne fasse quelques coupes franches dans son anatomie.

— Mesdemoiselles, vous pouvez partir. Mais je vous prierai de ne pas quitter la région pour le moment. J'ai requis une expertise psychiatrique vous concernant, afin d'évaluer votre…

— Mais on plaisantait, Lieutenant ! proteste Sandrine. Nos jeux de mots débiles, ce n'est que pour relâcher la pression ! Je suis désolée, vraiment, je ne voulais pas…

— Il ne s'agit pas de ça. J'ai besoin de cette expertise pour l'enquête : tous les membres amputés ont été retrouvés dans vos casiers, ou sous votre bureau, ou…

— La première main était dans le casier de Thibaud !

— Et c'est vous qui l'avez découverte, n'est-ce pas ?

J'écoute Sandrine protester de son innocence – de notre innocence, car elle nous met dans le même panier – et je la regarde céder, peu à peu, à l'affolement.

La jolie Sandrine. Avec ses boucles claires, ses grands yeux bleus, ses petites mains douces qui ponctuent chacun de ses mots par des arabesques élégantes.

Je l'observe sans piper mot, penchée vers l'inspecteur dans un grand élan d'effroi, demandant protection, tremblante et si fragile...

Salope. Une putain de petite garce.

Pendant sa diatribe, le lieutenant me regarde. Moi, et pas elle. Est-ce qu'il peut m'entendre penser ? Est-ce qu'il est capable de... non, je ne dois pas tomber dans le piège. Je baisse la tête, image très crédible de la détresse muette et de la prostration. Je garde la tête froide, comme dit l'autre conne.

***

Encres bleues de nos nuits blanches, épurées et austères au seuil de nos insomnies ; le souffle calme du silence berce ces heures tranquilles et angoissantes. Les yeux grands ouverts sur mon plafond, je dérive lentement, navire sans amarres, voilure gonflée de vents contraires. Je respire et je pense. Je pense et je respire. J'entends le sang pulser contre mes tympans en vagues syncopées, régulières, ressac immémorial d'un temps qui finira. Nous sommes nés pour mourir. C'est la nuit, quand je ne peux pas dormir, que cette réalité m'envahit, sombre et douce. Je suis jeune, je devrais encore me croire immortelle. Mais c'est faux. Je le sais depuis longtemps déjà, je l'ai appris brutalement lorsque je suis entrée dans la salle de bains de notre petite maison familiale où j'ai trouvé le corps de Laura, ma sœur aînée. Elle était allongée dans la baignoire et l'eau de son bain n'était plus qu'une épaisse, écœurante mare de sang.

Elle s'était tranché les veines.

Plus tard, après l'enquête – qui n'avait pas donné grand-chose –, j'ai enfin ouvert son journal, le journal que j'avais caché aux lieutenants de police et à mes parents. Je ne voulais pas qu'ils le lisent, je ne voulais pas que quiconque s'immisce dans sa vie, dans sa détresse, dans son intimité. Moi seule y aurais accès.

J'ai lu. Et relu, relu encore jusqu'à connaître par cœur chacun des mots que Laura avait écrits, ceux de son calvaire. Elle avait abandonné ses études parce que nos parents considéraient ses résultats médiocres et ne voulaient plus les payer. « Elle n'était pas bonne à grand-chose ». Sans autre diplôme que ce misérable bac qui ne veut plus rien dire depuis longtemps, elle avait enchaîné les petits boulots. Des salaires de misère, le mépris dans les yeux de nos parents, dans les siens. Et puis elle avait été embauchée par Paradis Telecom, une boîte un peu minable, mais enfin un CDI, un boulot fixe et à temps plein, peut-être des possibilités d'évolution ?

En fait d'évolution, Laura avait vécu l'enfer. Un supérieur qui, pour une raison étrange, la détestait et avait tout fait pour la « casser », systématiquement. Évaluations désastreuses, jours de congé refusés automatiquement, petites humiliations quotidiennes sur lesquelles chacun faisait semblant de rigoler en les minimisant. Sa collègue surtout, la jolie Sandrine : lorsque Laura avait essayé de trouver un réconfort auprès d'elle, la petite pute s'était empressée d'aller voir Arnaud Bergen, leur chef, pour le prévenir qu'elle menaçait de porter plainte – ce qui était faux, Laura n'en était déjà plus là. En l'apprenant, de la bouche même de Bergen, ma sœur avait définitivement perdu pied.

J'avais 17 ans.

Quelques mois après le suicide de ma sœur, la maison familiale cramait, avec tous ses occupants – sauf moi, bien sûr, je dormais chez une copine. Exit les parents castrateurs, moralisateurs, dévalorisants, les premiers à avoir mené ma sœur dans ce bain brûlant dans lequel sa vie s'était enfuie.

Dès ma majorité, je me suis fait embaucher dans cette boîte sordide. Ils n'ont jamais fait le lien entre Laura et moi, ces cons, parce que ma sœur portait le nom de son père à elle et non le mien. Bergen était parti terroriser d'autres personnes, mais ça n'a pas été difficile de le retrouver. Son anatomie m'a été très utile.

Et Sandrine, elle, était toujours là.

Ça a roulé tout seul.

C'est fini maintenant. J'ai laissé ce qu'il fallait sur les derniers membres amputés pour que ma jolie salope de collègue soit inculpée. Tout dépendra de l'intelligence et de l'intuition du lieutenant : saura-t-il creuser assez profondément pour exhumer le suicide de Laura, pour établir la connexion ?

C'est un risque, mais minime. Même s'ils découvrent le lien, ils n'auront jamais que des suppositions. Je ne craquerai pas.

Mais je sais que mes jours ont une fin et que cette fin approche.

N'étant pas bouddhiste, cette réalité est synonyme de peur. Plutôt saine, comme réaction. Je ne la repousse pas. Je ne suis qu'humaine et j'ai peur de mourir. Surtout certaines nuits, quand je me demande si j'ouvrirai les yeux aux lueurs du matin. Après tout, je peux tout aussi bien ne jamais les rouvrir.

Alors je ne m'endors pas, pour ne pas avoir à ne pas me réveiller. S'ensuivent des heures lourdes, engluées de fatigue, éreintées. La nuit suivante, je ne tiens plus et m'assoupis malgré moi, sans confiance, cédant simplement au besoin vital d'un corps qui, quitte à mourir un jour, est programmé pour vivre jusqu'à son dernier souffle.

EN SILENCE

Yannick BILLAUT

Comment s'appelait-elle déjà ? Arrrgh, cette fichue mémoire… Un prénom qui ressemblait à l'autre. La précédente. Celle qui se surnommait Sandra. Sandra sur le Web, mais Corinne dans la vraie vie. Ah, ah, ah ! Corinne. C'est d'un commun ! C'est d'un con, Corinne ! Elle n'était pas désagréable, pourtant. Plutôt intelligente, cultivée. Mais trop démonstrative. Trop exubérante, selon moi. Elle piaillait sans cesse, toujours un avis sur tout, toujours ce rire haut perché qui ponctuait régulièrement ses fins de phrases. Pénible…

Elle travaillait à la médiathèque. D'ailleurs, c'était d'abord son rire que j'avais entendu. Il crevait parfois le silence du lieu, perturbant le lecteur ou parasitant le chineur de romans. Elle m'avait conseillé un livre. Un auteur japonais, il me semble. Je ne me souviens plus. Ah bon sang, c'est rageant d'oublier comme ça ! De toute façon, je pense que je ne l'ai jamais lu, son bouquin. Mais ça m'a donné l'occasion de la revoir. En dehors de la bibliothèque. Une fois au cinéma. Une autre au Salon de la B.D. Elle est venue à la maison deux ou trois fois. Deux fois peut-être. Pas plus. Avec elle, c'était inutile de perdre son temps. Peu d'intérêt. Peu de patience. D'ailleurs, je ne sais même plus où je l'ai mise. Ah décidément, cette mémoire…

Perdre son temps. C'est une drôle de façon de voir les choses. Le temps. Un bien si précieux qu'il faut le consommer jusqu'au bout, jusqu'à la fin. Ne pas passer à côté. Voilà ce qui importe. Ne pas rater l'occasion, vivre l'instant présent.

J'ai longtemps attendu, ça, je le sais. Trop.

Patienter, subir, attendre indéfiniment. Petit déjà, je voulais être plus grand. Passer les étapes inutiles, éviter l'insipide, aller vite. Tenir la barre, maître du navire, voilà ce qui m'importait ! Alors aujourd'hui, perdre son temps… non merci. Ou alors, pour la bonne cause, pour la rencontre. Pour « celle qui », peut-être. Dans ce cas, oui. Pourquoi pas ?

Trop de simagrées empêchent
Pompeux à souhait, je me suis trompé
Que vois-je ? La libellule bleutée
Sur le lit, la douceur endormie.
Tirer les cartes, valet de pique
Ma condition n'a pas de nom
Vous dans les jardins magnifiques
Le vent dans vos jupons.
Emmenez-moi aux îles, Marquise
Emmenez-moi
Laissez souffler la brise, Marquise
Souffler n'est pas jouer, je crois.
Le Roi est mort, vive le Roi !
La roue tourne, Marquise, je n'y suis pas.
À quoi pensez-vous donc le soir,
Ligotée au baldaquin ?
Je vous sens si soumise, exquise
Enrubannée de taffetas
Lâchez prise, Marquise, à votre guise
Oubliez la cause.
Emmenez-moi aux îles, Marquise
Emmenez-moi
Laissez souffler la brise, Marquise
Souffler n'est pas jouer, je crois.
Du haut de votre balcon
Vos rêves s'éternisent.
Pas sans raisons, Marquise, pas sans raisons
Attisez l'hiver.
Dans les limbes de vos pensées
Flottent les lagons.

Aux heures délicieuses, Marquise
Faire la cour sans récréation.
Rencontrer la Marquise… Alors là, oui, je prendrais mon temps.

*

« Si ! Quand tu fais un six, tu peux rejouer ! C'est le jeu… »

Je sais que je devrais reprendre l'écriture de mon carnet. Au moins, je consigne et je n'oublie pas. Cela fait bien quatre ou cinq fois que je n'ai plus rien noté. Plus le temps. Plus le courage, peut-être. C'est long d'écrire à chaque fois. Combien ? Combien de fois ai-je tout écrit ? Dix ? Vingt ? Non. Plus. Bien plus, je pense. Oui, c'est bien davantage puisque ce Paul, ce fameux Paul était quarante. Cela m'avait fait sourire d'ailleurs. Le premier homme qui sonne comme un anniversaire : quarante. Trente-neuf femmes et un homme. À la quarantième position. Pas fait exprès. Le hasard. Ce petit accrochage en voiture, sur le parking. Oui, je me souviens fort bien de celui-là, tiens…

Pas de constat. Ni l'un ni l'autre. Alors, je l'ai invité à passer à la maison. À deux pas de ce parking. Il m'a suivi avec sa belle Citroën DS4 noire toute neuve. C'est drôle quand les choses ne sont pas prévues. Cela m'a excité. Un vrai concours de circonstances. Tout bête, mais tellement opportun.

On s'est installé au salon, le constat déplié sur ma petite table basse. Je l'ai trouvé désobligeant quand il m'a dit :

— Vous n'avez presque rien, vous. Et puis cette grosse rayure sur le pare-chocs ne date pas d'hier, je pense, vu l'état général de votre voiture. Moi, je suis bon pour une peinture…

Je ne sais pas pourquoi, mais ça m'a chiffonné, cette remarque. Je l'ai bien regardé. La trentaine, un tantinet grassouillet, étriqué dans son costume trop cintré, les cheveux ondulés, tirés vers l'arrière à l'aide d'un gel effet mouillé bon marché. Dans quoi pouvait-il bien travailler ? Dans les assurances ? La finance ? L'immobilier ? Cette allure du gars sûr de lui, hautain et méprisant. Il en savait beaucoup sur la vie, ce jeune loup prétentieux ? Il en connaissait un rayon sur les revers du destin ? Il les connaissait, les affres de l'existence, les fissures profondes et douloureuses, la souffrance sourde et collante ?

Je lui ai proposé de boire quelque chose. « De l'eau », m'a-t-il répondu. Alors, en revenant de la cuisine avec le verre à la main, j'ai aussi embarqué machinalement ma fourchette à deux dents. Cette grande fourchette qui m'aide à la découpe du poulet. Et je la lui ai plantée dans la joue. Machinalement aussi. Pour voir. J'ai juste senti une légère résistance. Infime. Comme lorsque l'on tente de crever un ballon de baudruche. Ça se tend un peu et ça craque très vite. La fourchette a transpercé tranquillement cette joue rose bien en chair. Il a hurlé. Il n'a pas compris, le pauvre. Et plus il criait, plus je renouvelais l'expérience. Dans le ventre, facile. Dans l'avant-bras, plus délicat. Et dans la cuisse, comme un poulet. Comme dans une belle cuisse de poulet. Ah, ah, ah !

Il a rampé le long du canapé. Un vrai mollusque. On a beau avoir une belle DS4, on peut parfois ressembler à une drôle de limace. Le dernier coup dans la gorge l'a stoppé net. Il avait de jolis yeux verts. Un vert presque émeraude. Mais révulsés. De sa bouche charnue entrouverte est sorti un magma bouillonnant écarlate. Ça m'a coûté un tapis persan que j'avais rapporté de Turquie l'année précédente. C'est sympa la Turquie. J'ai adoré Istanbul. Oh oui, Istanbul… Quelle magie, cette ville ! J'aimerais visiter la Croatie aussi…

« Va au but, Louis, va au but ! C'est à toi ! »

Qu'est-ce qu'il fait froid, cet hiver ! Bon sang ! Des jours et des jours polaires qui n'en finissent pas. Il faudra que je pense à me racheter des gants. Des gants chauds et un bonnet qui va avec. Même si je suis toujours aussi ridicule avec un truc sur la tête. Mais je me fous de tout ça désormais. Les moqueries sont loin derrière. Très loin, même. Toute cette adolescence sacrifiée sur l'autel des railleries, ces persiflages à répétition aux odeurs de lapidation. Ils en ont bien profité. La proie était si belle. Comme je les comprends ! Comme il est bon de sentir cette fragilité, cette affligeante faiblesse dans le creux de la main. Sentir l'étouffement au cœur du poing serré et jouir de ce sentiment absolu, de cette parfaite maîtrise si facile et puissante. Au fond, les faibles meurent toujours prématurément. La vie est ainsi faite.

Ah mince, ce prénom ! Je l'ai sur le bout de la langue, pourtant. Elle m'a bien dit son prénom ? Oui, elle me l'a dit, j'en suis sûr. Mais ça ne me revient pas. C'est agaçant…

Oh oui ! Ne pas oublier d'enregistrer *Little Miss Sunshine* demain. J'ai adoré ce film. J'ai hâte de le revoir. Et de retourner au cinéma aussi. Comme avant. Comme quand je pouvais m'avaler deux séances dans le même après-midi. Et tous ces vieux films en noir et blanc, américains de préférence et plutôt des années 50. Avec ces plans serrés, ces lumières chaudes et enveloppantes. Ces belles histoires impossibles, dramatiques et poignantes à vous arracher les larmes. C'est mon côté sentimental, ça. Je ne sais pas y résister. C'est plus fort que moi.

Et puis aussi, me promener à nouveau dans les allées du jardin du Luxembourg. J'aimais y flâner avant, durant des heures. Je m'installais sur une chaise en fer, au bord du bassin où les enfants viennent mouiller leurs petits bateaux à voile. Je plongeais alors dans mon livre du moment, relevant la tête de temps à autre pour écouter les conversations, regarder les passants, observer le manège de tous ces promeneurs. À cette époque, j'aimais ces moments choisis, ces instants volés au cœur de la tourmente du quotidien. C'était avant que ces maux de tête m'assaillent, me pressent le citron dans l'étau des émotions glaçantes, coupantes comme des lames de verre. Ces crises soudaines et violentes, régulières comme un métronome, qui m'aspirent jusqu'à la moelle, jusqu'à la dernière goutte.

Maman, je ne pourrai pas passer ce soir. Je vais finir tard. Et les grilles ferment à 19 heures, tu sais. Trop juste pour moi aujourd'hui. J'espère que tu ne m'en voudras pas. Je penserai à toi quand même. Comme tous les soirs. Comme tous les jours. Ne m'en veux pas, Maman. Je t'apporterai des fleurs demain. Promis. Tu sais, Maman, j'ai retrouvé d'anciennes photos dans des cartons ce week-end. De nous, à la plage. C'étaient les vacances. Et d'autres encore, devant l'usine, avec des gens que je ne connais pas. Je ne sais pas si c'est moi sur certaines photos. Je te montrerai. C'était il y a longtemps. C'était avant tout ça. Avant Papa. Avant de l'avoir fait.

Merde ! J'ai pas encore appelé Henri pour cette satanée chaudière. Qu'est-ce qu'il m'avait dit déjà ? « Tu coupes une première fois le thermo contacteur. Tu attends puis, quand la lumière est verte, tu appuies sur l'interrupteur. Tu pousses sur le bouton "start" en mettant un coup d'allumage électronique et tu patientes sans relâcher. » Je crois que c'est ça. Verte, la lumière, ou rouge ? Verte, il me semble. Zut, je ne suis plus sûr ! La logique voudrait que ce soit vert, j'imagine. Faut peut-être appuyer à nouveau avant la mise au vert. Ou rouge. Bon, il faut vraiment que je rappelle Henri.

Je l'aime bien, Henri. C'est un bon gars. Il ne s'est jamais vraiment remis de la disparition de sa femme. Ça se voit. Il n'est plus comme avant. Pour l'instant. Pourtant, sa moitié, ce n'était pas vraiment ça. Ce n'était pas une moitié à vrai dire. C'était un tiers. Un quart même. Elle ne méritait pas Henri. Toujours à meugler, critiquer, cracher sa médiocrité à la figure de ce mari fidèle, travailleur et dévoué. Il y pouvait quelque chose lui, au diabète, au cholestérol, aux arythmies à répétition, à la spasmophilie de cette fichue femme et j'en passe ? Non, il n'avait pas choisi. Il n'avait pas misé sur cet avenir en chute libre, cette transformation insidieuse, cette pourriture progressive et régulière. Cette épouse, charmante et appétissante bien des années plus tôt, mais imbuvable, informe et pitoyable aujourd'hui.

La vie est mal faite. La vie est injuste. « *Que reste-t-il de nos amours ? Que reste-t-il de ces beaux jours ?* » Triste constat. Amer, sclérosant, vertigineux et nauséeux. Comment vivre encore aux côtés de cette autre, ce déchet résonnant ? Vivre à l'ombre de cette chose envahissante, ce fantôme, cette métamorphose inacceptable ?

Je lui ai rendu service, à Henri. Il ne le sait pas, mais je sais que j'ai fini par le libérer, le délivrer, lui redonner l'oxygène nécessaire. Il finira par s'en apercevoir. Tôt ou tard. Se rendra compte que cette solitude est un cadeau, l'occasion de redevenir celui d'avant. Ouvert, attentif, réceptif. Cette autre époque retrouvée. La vraie, l'authentique. Celle qui permet tout. Celle qui autorise, qui rend possible. L'idée de croire. Offrir ce sentiment, à nouveau. Comme un nectar absolu, véritable.

C'est marrant, on se souvient parfaitement de certaines choses et on oublie le reste. D'ailleurs, on peut très bien se souvenir de belles comme de moins belles choses. Mais elles sont définitivement gravées au cœur de la mémoire. Le comptoir en zinc, par exemple. Celui sur lequel Papa m'asseyait, au milieu des verres, des odeurs rances de bière sans saveur, des volutes de fumée de cigarette que je contemplais comme une sorte de fresque changeante au gré des mouvements et de l'agitation de l'air. J'avais beau avoir 7 ou 8 ans, je m'en souviens comme si c'était hier. Tous ces rires gras et forts qui jaillissaient de partout à vous en briser les tympans. La Mère Simone, cette grosse bonne femme coincée derrière son bar, transpirante, odorante, vulgaire dans sa jupe informe et son chemisier toujours taché. Oui, tout cela je m'en souviens parfaitement. Moi qui voulais rentrer. Papa qui n'était jamais pressé de partir. Combien de fois ai-je entendu « Oui, deux minutes » ou « Attends encore deux minutes » ? Dès mon plus jeune âge, finalement, la notion du temps m'a complètement échappé. Deux minutes ressemblaient à deux heures. Et deux heures ressemblaient à une soirée ou à une nuit tout entière. Patienter encore et toujours. Attendre la fin de ces deux minutes qui n'arrivait jamais. Et subir toutes les remarques de ces gens connus ou inconnus, ces « Oh le petit garçon qu'il est mignon ! », « Il a pas soif le petit bonhomme ? », « Qu'est-ce qu'il est sage, ce gamin… ». Ces sourires édentés, ces haleines puantes d'alcool et de tabac, ces visages de femmes barbouillés de couleurs criardes. C'est comme un album photo. Des clichés qui ne s'effacent pas.

Je sais que tu sais tout ça, Maman. Toi aussi tu as connu cette époque, à ta manière. Il est loin ce temps-là, pas vrai ? Tout s'est arrêté ce jour-là. Le jour où tu as décidé pour lui, où j'ai compris et où je t'ai suivie. Tu as bien fait, Maman. La mort est un jeu, comme tu disais quand il est parti. Quand tu l'as fait. Quand nous l'avons fait. On en a profité ensuite. C'était bien. On était tellement bien.

Sonia ! C'est Sonia son prénom ! Ça me revient. Oui, Sonia, c'est ça. C'était tellement sympa, ce week-end-là. C'était… différent. Peut-être parce qu'elle était différente, cette jeune fille. Sonia. Toute douce, très réservée, presque timide. C'est bien, le coup des petites annonces. On a toujours quelque chose à vendre finalement, non ? J'ai été agréablement surpris quand je l'ai aperçue, patientant devant sa voiture sur la place de l'église en attendant notre rendez-vous. La jeune Sonia qui recherchait une machine à laver d'occasion, à bon prix. En quête d'appareils électroménagers après une rupture sentimentale. J'ai trouvé ça touchant. Tellement mignon. Alors, elle est venue inspecter ma machine à laver qui soi-disant était à vendre. Pfff…

Une petite brune, emmitouflée dans son manteau en laine et son écharpe à rallonge. Elle était attendrissante, cette petite. C'est cet ongle cassé en ouvrant le hublot de la machine qui a attisé ma curiosité. Elle s'est cassé un ongle. Comme ça. Sans sourciller. J'ai trouvé ça incroyable. Cela m'a surpris. Vraiment. C'est dingue comme de petites choses insignifiantes peuvent nous interpeller parfois. Elles suscitent l'intérêt, fascinent même, à l'occasion. Et à cet instant, bizarrement, j'ai voulu vérifier. Oui, c'est ça, je me rappelle. La pince coupante sur l'établi et j'ai voulu vérifier. J'ai arraché les ongles au vernis rouge, un par un. Une sorte d'effeuillage. Pour voir. Elle hurlait. Juste pour des ongles. Alors qu'elle n'avait rien montré l'instant précédent. J'ai eu beau lui dire : « Tais-toi, c'est mieux comme ça », elle criait toujours. Mais j'ai des voisins, moi ! Alors, pourquoi brailler comme ça, hein ? Pourquoi venir déranger la tranquillité de mon entourage ? J'ai horreur de ça. Les gens qui se font remarquer. Les « moi je », les « m'as-tu-vu ». Ça m'énerve. Elle m'a déçu. Je l'imaginais plus discrète, plus subtile.

*\
**

« Mais moi aussi je la connais : toi, ma jolie Espagnole, quand tu bouges tes épaules. »

Hein ?… Euh… Qu'est-ce que je… Ah oui, voilà, ça m'a profondément énervé, oui. Ces cris à n'en plus finir. Il fallait que ça s'arrête. Il fallait cesser ce vacarme. Il fallait frapper au visage. Pour faire taire. Pour faire vite. Frapper et frapper encore. Jusqu'au gloussement, au râle et enfin, au silence.

Du silence, simplement du silence. Rien que le ronronnement sourd de ma machine à laver qui tournait à vide. Programme court. Elle tourne bien, cette machine. Comme une horloge. J'ai fait un joli paquet de Sonia. Comme on emballe un cadeau. J'ai fait plusieurs paquets cadeaux même. Plusieurs morceaux de Sonia offerts au canal Saint-Martin…

Tu aurais été fière de moi, Maman. Oui, très fière, je crois. Je te raconterai tout ça demain. Et plein d'autres choses encore. Je n'oublierai pas les fleurs et je changerai l'eau des vases…

— Monsieur ?

Je brosserai la pierre. J'enlèverai toutes ces feuilles mortes qui t'encombrent. Je nettoierai ces saloperies de fientes de pigeon…

— Monsieur ?

Je gratterai les plaques de granit noir aux lettres d'or et la mousse végétale qui te ronge les marches et les jointures…

— S'il vous plaît, Monsieur !

Tu seras la plus belle, Maman. Tu verras. La plus belle de ton allée. La plus jolie du cimetière, même !

— Monsieur ! Monsieur !

— … ? Oui, quoi ?

— Monsieur, madame Buisseau a dit que c'était au tour des CM1 de sonner la cloche. Est-ce que je peux sonner la cloche, s'il vous plaît, Monsieur ?

— Euh… il est… ah oui, il est 10 h 30… Vas-y, Manon, tu peux sonner la cloche. Et dis à tes camarades de se ranger par deux.

— Oui, merci Monsieur !

À Pâques, je pourrais aller en Croatie. Oh oui, ça doit être bien la Croatie…

— Allez, les enfants, on entre en classe. Et en silence, s'il vous plaît ! En silence…

LE PLUS FOU DES DEUX

Audrey et Natacha AJASSE

Tout à coup, Mathilde sentit une présence derrière elle. Aucun doute n'était plus permis : on la suivait. Depuis qu'elle avait quitté la chaleur réconfortante du foyer pour aller traire les vaches, elle se sentait observée. Elle s'était raisonnée, mettant sa frayeur sur le compte du froid et de l'obscurité, mais, une fois dans l'étable, son angoisse s'était accrue : les bêtes étaient anormalement nerveuses. Armée d'une fourche, elle avait fait le tour du bâtiment sans rien voir de suspect et elle était retournée à son travail sans plus y penser. Cependant, elle avait tendu l'oreille sur le chemin du retour et, cette fois, elle en était sûre : elle avait perçu un craquement.

Elle accéléra le pas, espérant atteindre la maison avant son poursuivant. Puis se mit à courir en l'entendant se rapprocher. La porte d'entrée n'était plus qu'à une dizaine de mètres lorsque son agresseur se jeta sur elle et la plaqua au sol. Elle essaya de crier, de se dégager, mais celui qui la maintenait à terre lui enfonça la tête dans la neige. Elle suffoqua un instant avant de perdre connaissance. Le monstre, insensible aux sursauts de sa victime, la dépeçait déjà avidement, déchirant sa robe et se repaissant de chair et de sang, dans le plus grand silence.

*
* *

Cela faisait plusieurs jours que Jean voyageait et il commençait à en avoir assez. Pour être honnête, il avait des courbatures partout et il mourait littéralement de froid. En cet hiver 1312, la neige le disputait au gel et au brouillard. L'attelage progressait avec une lenteur exaspérante et dans un inconfort total. Les roues de l'attelage tapaient sur chaque caillou et ils étaient nombreux, le long de cette route ! Ils étaient impitoyablement ballottés à droite, puis à gauche, et parfois jetés à terre.

Tout prévôt[1] de Paris dévoué qu'il était, Jean regrettait déjà d'avoir accepté la mission qu'on lui avait confiée. Mais avait-il vraiment eu le choix ? D'habitude, il n'enquêtait que sur des affaires de meurtres en série. De vrais homicides, pas des débuts de soupçons…

Là, il n'était sûr de rien. Deux cadavres seulement, mais atrocement mutilés à ce qu'on racontait. La dernière en date, une petite paysanne, avait été découverte par le seigneur lui-même. Ce qui avait occasionné tout ce battage. Le puissant homme avait été si bouleversé par la scène d'horreur sur laquelle il était tombé par hasard qu'il avait alerté immédiatement le roi Philippe lui-même. Il se trouvait qu'ils se connaissaient, c'était bien là tout le malheur… Alors, meurtres rituels ou isolés, véritable urgence ou panique démesurée, ça n'avait fait ni une ni deux : on l'avait envoyé braver l'hiver pour résoudre le meurtre d'une servante.

Il soupira, fatigué par avance, et une épaisse fumée blanche s'échappa de ses lèvres. Il faisait tellement froid que ses orteils semblaient geler. Ses doigts également.

Un cahot plus violent que les autres le projeta tout à coup sur son voisin qui se réveilla en sursaut. Émergeant de sa lourde couverture en fourrure de renard, Luc, le policier qui l'accompagnait, grommela un « Foutue campagne ! » avant de replonger dans le sommeil. Jean acquiesça silencieusement tout en se demandant comment son subalterne faisait pour dormir par un froid pareil et dans des conditions aussi sommaires. Cela faisait trois jours qu'il fermait à peine l'œil et ne parvenait à manger qu'un peu de soupe et de bouillon. Il arrivait au bout de ses forces. Heureusement, le voyage s'achèverait bientôt et, cette nuit, il dormirait dans un bon lit, le ventre plein. Il rêvait d'une volaille rôtie bien grasse, de pain blanc et de pêches au vin, même si ce n'était pas la saison.

L'attelage ralentit puis s'arrêta.

---

[1] Le prévôt est le chef de la police au Moyen Âge.

Le prévôt sortit la tête par la porte, se demandant avec espoir s'ils étaient déjà arrivés. La mauvaise humeur du charton[2] le détrompa bien vite et il faillit hurler de rage en apercevant le nœud du problème : un tronc d'arbre énorme avait élu domicile au milieu du chemin… Le seul chemin qui menait au satané village qu'ils devaient rejoindre avant le soir. La sentence tomba rapidement, comme un couperet : il fallait continuer à pied.

Jean maudit le seigneur qui l'avait fait envoyer dans ce bourbier infâme et avait exigé sa présence dans la semaine en cours. Il secoua Luc sans ménagement : après tout, il n'y avait pas de raison qu'il soit le seul à se geler les pieds, ils allaient finir la route tous les deux, comme ils l'avaient commencée. Le charton leur indiqua le chemin tout en précisant qu'il leur faudrait bien trois heures, en marchant d'un bon pas, pour atteindre le hameau. Il ajouta qu'il vaudrait mieux qu'ils arrivent avant la nuit et qu'elle tombait vite, en cette saison. Les deux policiers hochèrent sinistrement la tête avant de prendre congé. Ils n'avaient pas intérêt à tarder. Ni l'un ni l'autre n'avait envie de se retrouver dans l'obscurité en pleine forêt. Surtout si les arbres abritaient un meurtrier.

Jean, furieux, se tut pendant tout le trajet. Sa colère montait par vagues, à mesure que le froid gagnait ses membres. Luc, qui travaillait maintenant avec Jean depuis plus de deux ans, savait que lorsque son chef était dans cet état, il valait mieux se faire oublier, sous peine de se prendre une bonne dérouillée. Alors ils marchèrent dans un silence de plomb et, lorsque enfin ils arrivèrent au château, le prévôt exigea malgré l'heure tardive qu'on fasse venir le seigneur des lieux, séance tenante.

— Messieurs ! Me déranger à cette heure ! Je soupais avec les miens ! Ce n'est pas des façons de faire ! dit le seigneur avec emportement.

Le regard glacial du prévôt arrêta net ses plaintes.

— Vous avez demandé au roi de nous envoyer chez vous au plus vite, eh bien nous voilà. Si l'urgence est telle que j'ai dû finir la route à pied dans la bouillasse et le froid, vous pouvez bien interrompre votre repas pour nous accueillir. D'ailleurs, nous aussi, nous avons faim. Et je vous

---

[2] Cocher.

saurais gré de nous offrir l'hospitalité pour cette nuit, répondit Jean d'une voix tranchante.

Le seigneur tenta de protester, mais un second regard glacial de Jean lui arracha un hochement de tête. Il serra les dents et dit enfin, du bout des lèvres :

— Suivez-moi à la cuisine, on vous servira du pâté de porcelet, du bouillon de tanche et du pain bis. Ensuite, nous discuterons.

Luc n'osa pas rétorquer quoi que ce soit, mais pensa avec amertume qu'en plus de les faire souper avec les serviteurs, on leur servait de la nourriture de paysans. Jean, quant à lui, sourit : tout ça se paierait, plus tard. D'une façon ou d'une autre, il se vengerait de cet accueil mesquin. Sa patience n'avait d'égale que sa cruauté. Sous ses airs de prévôt incorruptible et respectable se cachait un homme froid et dépourvu de compassion.

*
* *

La nuit était tombée depuis longtemps lorsque le seigneur rejoignit enfin les policiers, visiblement enchanté d'avoir fait attendre ses hôtes. Jean, plus qu'agacé à présent, referma violemment le livre qu'il lisait et siffla :

— Si vous ne faites pas un peu plus d'efforts pour nous être agréables, il se peut que la lettre se perde, la prochaine fois que vous aurez besoin de nous ou de la police de Paris.

Le ton était si intraitable, si plein de menaces que le seigneur regretta instantanément sa fausse désinvolture. Il avait voulu montrer au prévôt qui était le maître parce qu'il n'avait pas apprécié qu'un simple policier lui dise ce qu'il avait à faire. Il se retrouvait piégé à son propre jeu. Parce qu'il avait vraiment besoin d'aide, malgré les apparences. Il était persuadé qu'on tuait ses gens depuis un peu plus de deux mois. Il avait recensé pas moins de six victimes. Et si les quatre premières pouvaient avoir succombé à des accidents, les deux dernières, en revanche, avaient forcément été assassinées. La sauvagerie avec laquelle on avait lacéré leur corps ne laissait aucun doute.

Il avala sa salive et rendit les armes, sous le regard terrifiant de Jean :

— Veuillez m'excuser et faire passer mon inhospitalité sur le compte de l'inquiétude. Reprenons du début, voulez-vous ?

— Nous ne demandons que cela, dit simplement Jean.

Pendant les heures qui suivirent, le seigneur détailla toute l'histoire, n'omettant aucun détail. Il fit le compte des victimes, parla des empreintes trouvées sur les lieux, des plaies béantes sur les cadavres, des litres de sang sur la neige et de la peine des familles.

Bref, selon Jean, beaucoup de discours pour peu d'indices. D'autant que les victimes avaient toutes déjà été enterrées. Cela le contraria, car il aimait bien scruter les corps et voir par lui-même les éléments cachés. Il lui faudrait pourtant se contenter des ragots et des pleurnicheries du seigneur.

En allant se coucher, il était néanmoins ravi de constater qu'il ne s'était pas déplacé pour rien. Il était à présent également persuadé qu'il s'agissait d'une affaire pour lui. Et il avait sa petite idée de la façon dont il allait résoudre cette enquête passionnante.

**

Le lendemain matin, dès les premières lueurs de l'aube, Jean et Luc se rendirent sur la dernière scène de crime. La neige, qui était tombée en masse depuis, avait recouvert toutes les traces. Évidemment. Alors que Jean fouillait l'étable, Luc décida d'aller jeter un œil aux alentours, au cas où. Un bois épais bordait la ferme, c'était un lieu idéal pour se cacher et attendre sa victime. Peut-être le meurtrier y aurait-il perdu quelque chose qui pourrait les mettre sur sa piste.

Concentré sur ses recherches, Luc n'entendit pas les très légers craquements derrière lui. Lorsqu'il se retourna, étonné par le silence pesant qui régnait soudain, il eut juste le temps de hurler avant de s'effondrer sous la masse de son agresseur. Il tenta tant bien que mal de lutter, de sauver sa vie, mais la Bête le maintenait fermement au sol et ses crocs se rapprochaient inexorablement de sa gorge. Il était perdu. Ses forces l'abandonnèrent et il sombra dans un puits sans fond.

Lorsqu'il se réveilla, son chef était à son chevet, un sourire bienveillant aux lèvres.

— Mon vieux, vous l'avez échappé belle ! s'exclama-t-il.

— J'ai cru que j'étais mort. Vous l'avez eue, la Bête ?

— Malheureusement non, dit Jean, mais j'ai réussi à la faire fuir et, surtout, j'ai vu ce que c'était. Vous pourrez vous vanter d'avoir survécu à une attaque de loup-garou.

— De loup-garou ? s'étrangla Luc, sous le choc. C'est donc à ça que ressemblent ces horribles monstres !

— À vrai dire, soupira Jean, je m'en doutais un peu lorsque le châtelain a parlé de mutilations et de chair déchiquetée, hier soir. Voir le loup-garou de mes yeux n'a fait que confirmer mes soupçons. Il fallait la bestialité d'un animal sauvage, une force surhumaine et une intelligence supérieure. Le plus dur reste à venir. Si le diagnostic était aisé, trouver le Loup parmi les Agneaux risque d'être plus compliqué. Mais pour vous, mon ami, la traque est finie. Vous rentrerez à Paris dès demain soir, quand vous serez en état.

Le curé, qui avait soigné Luc, écoutait la conversation sans rien dire. Il attendit que les deux hommes aient fini de parler avant de changer, à nouveau, les pansements du policier.

_*

Le seigneur se mit à courir dès qu'il entendit la mort arriver. Dans un ultime sursaut, il espéra pouvoir s'en sortir. Le prévôt lui avait dit que c'était un loup-garou qui massacrait la population et, même s'il savait qu'il avait peu de chances de survivre, il décida d'essayer. On disait que ces bêtes-là craignaient la religion et l'église n'était plus qu'à quelques centaines de pas. Mais il n'eut pas même le temps d'atteindre la lisière de la forêt. Le loup-garou lui enfonça ses crocs dans la nuque et il mourut, sans avoir pu se retourner.

Ce fut le curé qui le découvrit, au matin, en allant chercher du petit bois pour son feu. C'était un grand homme taiseux, musclé, au visage anguleux encadré par d'épais cheveux noirs, qui avait connu, enfant, une épidémie de peste redoutable. Il avait été le seul survivant de son village et était resté plusieurs jours parmi les cadavres. Depuis cette époque, il vouait sa vie à Dieu et plus rien, pas même la mort, ne lui faisait peur. C'est pourquoi il se pencha sur la forme inerte qu'il avait aperçue de loin. Ses mains immenses se posèrent sans espoir sur le front du seigneur, cherchant un souffle de vie. Le verdict fatal tomba : il était mort.

Sans que l'on sache comment ils avaient été informés de la mort de leur suzerain, les habitants du bourg se rassemblèrent rapidement autour du corps. Chacun avait un avis différent sur la question, mais tous remarquèrent les poils noirs qui jonchaient le sol. Le prévôt et Luc, qui avaient eu beaucoup de mal à fendre la foule, les virent également. Mais Luc remarqua aussi et surtout une longue chaîne au bout de laquelle pendait une croix en or. Il se pencha avec difficulté pour l'observer de plus près et se releva d'un bond malgré la douleur lancinante de sa blessure. Il venait de se souvenir qu'il l'avait déjà vue, cette croix ! L'évidence lui sauta aux yeux et il hurla :

— C'est lui ! Ne le laissez pas s'enfuir !

Les paysans, à présent enragés, se jetèrent sur le coupable, l'assommant de coups de poing. Il fut conduit, inconscient et même presque déjà mort, chez le boucher où on l'installa sans ménagement sur l'étal maculé du sang des porcs tués la veille.

Qui aurait pu croire que le loup-garou, finalement, c'était le curé ?

Pour être certain qu'un homme était bien un loup-garou, il n'y avait qu'une seule solution : l'écorcher, retourner la peau et voir s'il y avait des poils de l'autre côté.

Jean savait parfaitement ce qu'il en était, mais il s'attela néanmoins à la tâche pour convaincre la population que le curé du village était bien le coupable de tous ces meurtres affreux. Il ne devait rester aucun doute dans l'esprit des gens au moment de son départ. Il fonctionnait toujours ainsi. L'opération dura longtemps : il ne fallait surtout pas déchirer la peau.

Lorsqu'il reparut devant la foule, il était rouge de sang, épuisé, mais victorieux. Il tenait à la main la peau du curé-loup-garou qu'il brandit sous les yeux des gens épouvantés. Il y avait bien des poils sur la partie ensanglantée…

Le corps du Monstre fut brûlé, ainsi que le morceau de peau retournée, pour chasser le sort et éviter qu'il ne revienne sous la forme d'un fantôme. Satisfait, Jean se rendit à l'auberge, une fois les dernières cendres du bûcher consumées. Il laissa Luc se remettre de ses émotions dans sa chambre, il lui fallait du repos avant de reprendre la route.

Il s'attabla devant un festin digne d'un roi et offert par l'aubergiste : des fruits secs d'abord, accompagnés d'échaudés[3], des pâtés d'oie et de cygne, du vin doux au miel, des potaiges[4], des rôtis variés, un peu de chevreuil et enfin la desserte[5] avec des flans, des tartes, des compotes…

Tandis qu'il dévorait avec appétit et suçait la moelle des os, il se remémorait toute son aventure qui n'avait, finalement, duré que deux jours. Le roi allait le féliciter chaudement de son efficacité. Même s'il n'avait pas réussi à sauver le seigneur. Quelle ironie ! Il serait certainement promu ! Et pour s'être bien amusé, en plus. Il se rappela avec délices le moment où il avait su que le curé ferait un coupable parfait. C'était son premier homme d'Église. Le pauvre, il avait la tête de l'emploi, et Jean l'avait su à la seconde où il l'avait vu au chevet de Luc.

Il lui avait suffi de voler la croix, et le tour était joué. Les gens, très crédules, étaient plus prompts à croire à des légendes plutôt que de voir ce qui crevait les yeux : un loup plus costaud et moins peureux que les autres, poussé hors de la forêt par la rudesse de l'hiver et la faim dévorante, s'était tout simplement attaqué aux villageois. Il avait vu dans leur naïveté un potentiel sublime. C'était, des nombreux meurtres qui jalonnaient sa carrière, le plus réussi. Il allait avoir du mal à faire mieux, la prochaine fois. Le génie résidait dans les détails. Lorsque le loup, certes de bonne taille,

---

[3] Les échaudés sont des sortes de beignets cuits dans l'eau bouillante.
[4] Les potaiges désignent des aliments cuits dans des pots, mitonnés à petit feu avec des sauces et des légumes.
[5] La desserte est l'ensemble des préparations sucrées servies en fin de repas.

mais tout à fait normal, avait attaqué Luc, il l'avait tué, avait récupéré une partie de sa peau pour son grand final et avait enterré le cadavre. Il avait ensuite trouvé un coupable idéal, avait donné rendez-vous au seigneur à l'endroit voulu dans les bois, l'avait joyeusement massacré, avait déposé les poils et la croix et avait fait en sorte que le curé découvre le corps. Le reste s'était fait tout seul. Il ne lui était plus resté qu'à coudre la peau du loup sur l'envers de celle du curé. Un jeu d'enfants pour lui qui avait si souvent mis en scène ses meurtres.

Cette fois, ça avait même mieux marché que prévu : il s'était débarrassé, en plus, d'un imbécile imbu de lui-même qui avait cru pouvoir l'humilier en lui servant de la nourriture de pauvre. Et personne ne viendrait jamais remettre en cause son enquête : les meurtres allaient effectivement cesser. Le curé serait le tueur fou qui avait pris la vie de sept personnes alors que lui serait le héros salvateur. Il se félicita intérieurement tout en se disant que le plus fou des deux n'était pas toujours celui qu'on croyait !

L'INVASION

Svetlana KIRILINA

Laissez-moi faire les présentations.

Là-bas, à côté de la fenêtre, vous avez Roger-plante-verte. Roger, c'est pas une vraie plante verte. Mais il cause pas beaucoup et il passe son temps à se chauffer au soleil. Bon, c'est vrai, on aurait aussi pu le surnommer Roger-lézard, mais ça sonnait moins bien.

Ensuite, il y a Maurice-regarde-moi-et-j't'en-colle-une. Pas super évident comme surnom. Mais de toute façon, Maurice, on s'adresse pas trop à lui. Parce que si on le regarde dans les yeux, il peut perdre son calme. Il est très nerveux, Maurice, mais il prend des cachets.

Puis, nous avons Jojo-la-grenouille. Là, j'ai aucune idée de la provenance du surnom. Peut-être que c'est à cause de ses yeux globuleux. Parce que sinon, je vois pas trop. Il a ni une voix coassante ni une tendance à gober les moustiques. Faudra que je lui demande un jour.

Et enfin, il y a moi – Bertrand. Oui, juste Bertrand, pas de suffixe barré, merci bien. Même si bon, j'aime bien le pop-corn, les comédies romantiques et la viande saignante. Je pense qu'ils ont eu du mal à mixer les trois pour trouver un bon surnom.

En tout cas, voilà. Maintenant, vous savez tout de la petite bande.

Et le plus drôle dans tout ça, c'est que c'est même pas nous, les fous de l'histoire.

*

À l'institut psychiatrique Sainte-Gertrude, c'était jour de fête. Parce qu'aujourd'hui, Brigitte fêtait ses quinze ans d'internement.

Brigitte, c'était un peu la légende locale. Elle avait connu les tout débuts de l'institut, elle. Elle était là depuis plus longtemps que n'importe qui. Le seul qui pouvait prétendre à la même longévité, c'était le directeur. Sauf que le directeur, on n'était plus tellement sûr qu'il fût encore de ce monde. On ne l'avait pas vu depuis très longtemps, ce brave monsieur Pichon.

Alors, pour célébrer cette date dignement, le personnel de l'institut avait mis les petits plats dans les grands. La salle commune avait donc été réquisitionnée. À la base, on avait voulu faire l'événement dehors, mais la météo n'avait pas voulu de Brigitte et des fêtards surexcités. Une pluie apocalyptique se déversait depuis le lever du jour.

Mais il en fallait plus pour arrêter les festivités. Il avait juste fallu se montrer plus inventif. À la place des grillades, on avait fait des sandwiches. À la place du feu d'artifice, on avait allumé la télé. Et finalement, l'ambiance était très sympa.

Brigitte, elle, trônait fièrement au fond de la salle, un sourire béat sur les lèvres. Personne n'était très sûr qu'elle se rende vraiment compte de ce qui se passait. Mais elle semblait heureuse.

**

Le truc qui va pas, c'est Roger qui l'a vu en premier. Forcément, à passer son temps à se chauffer au soleil, il a fini par le connaître par cœur. Du coup, il a passé des jours et des jours avec un air de chien battu sur le visage. Ce qui est un comble quand on prétend au titre de plante verte.

Quoi qu'il en soit, Roger a fini par attirer l'attention d'une blouse blanche. Mais comme il est pas causant, Roger, il a fallu un sacré moment pour que la blouse blanche percute ce qu'il avait à dire. Nous, on aurait bien prêté main-forte, mais on était très occupés avec Jojo à compter les taches d'humidité au plafond.

Et le truc drôle, c'est que ce qui va pas, c'était justement une tache. Une grosse tache devant le soleil, qu'il dit, Roger. La blouse blanche regarde, regarde, regarde et finit par dire qu'elle voit rien. En même temps, la blouse blanche, c'est Murielle et elle a des verres en cul-de-bouteille sur le pif.

Mais pour la défense de Murielle, personne d'autre que Roger a réussi à la voir, sa tache. Par contre, la moitié de l'institut s'est cramé la rétine et l'ophtalmo du coin a fait la moitié de son chiffre annuel.

Il a l'air complètement paniqué, le pauvre Roger. Lui, il a aucun mal à fixer le soleil pendant de longues heures et, toutes les dix minutes, il ramène son regard vers la salle commune où plus personne ne s'intéresse à lui.

Bon, mais nous, en bons copains, on le croit. Même si on n'a pas vu cette tache. Maintenant, faut donc s'organiser.

**

Le clou du spectacle, c'était Gérard. Dans la vie civile, il avait été Go-Go danseur. Puis, un beau jour, il avait tout plaqué pour se reconvertir en boulanger. Malheureusement pour lui, trois jours après l'ouverture de son établissement, un concurrent aux dents plus longues que les siennes était venu s'installer juste en face. Alors, Gérard avait tenté de lutter pour garder sa faible clientèle, mais il s'était très vite retrouvé dans le rouge et avait dû mettre la clef sous la porte. À ce moment, complètement découragé, Gérard avait envisagé de revenir à sa spécialisation première. Mais toutes les portes s'étaient doucement refermées devant lui.

Le pauvre Gérard avait donc ruminé longtemps dans son coin et était venu à une conclusion très simple. Le responsable de tous ses maux, c'était ce fichu concurrent qui avait eu le toupet de s'installer en face de sa boulangerie. Et un soir, il en eut tellement marre qu'il arrosa la devanture d'essence, puis craqua une allumette. Le souci, c'était que le propriétaire des lieux était resté tard ce jour-là et avait donc fini en barbecue.

Suite à cet incident qui n'était en rien la faute de Gérard, le pauvre apprenti boulanger avait été déclaré fou et s'était retrouvé placé à l'institut Sainte-Gertrude.

En vérité, personne n'avait jamais pu vérifier son histoire. Mais on ne le laissait pas s'approcher des fourneaux. En revanche, après quelques années de bonne conduite, on lui avait installé une barre de pole dance dans la salle de sport.

Et aujourd'hui, c'était le grand jour. Gérard remontait sur scène et il allait en mettre plein la vue.

Mais sa malchance semblait le poursuivre. Comme il allait entrer en piste, des cris s'élevèrent dans l'assistance. Puis des applaudissements chaotiques. Au début, il crut que c'était lui qu'on pressait d'apparaître. Mais quand il risqua un œil dans la salle commune, il dut se rendre à l'évidence.

Le clou du spectacle, c'était Brigitte. Ou plutôt sa chevelure grisonnante qui avait soudain pris feu.

*
**

La tache devant le soleil, elle peut avoir qu'une seule explication. C'est Jojo qui a dit ça. Il est très calé dans ces trucs, Jojo. Sûrement ses gènes de batracien qui lui envoient des signaux.

Ça peut être qu'un astéroïde, il a dit. Un gros caillou interstellaire venu de j'sais pas où pour s'écraser bien comme il faut sur la Terre. Dit comme ça, ça donne pas tellement envie. Mais Roger, cette explication semble lui convenir. Il se met même à hocher la tête tellement fort et tellement vite que j'ai peur qu'elle se détache.

L'explication est peut-être claire. Mais elle pose un gros souci. Si c'est un astéroïde qui vient s'écraser par chez nous, bah, on peut pas y faire grand-chose. Ça implique aucune action héroïque d'aucune sorte. On va juste se contenter de regarder le caillou nous tomber sur la soupière sans bouger. Plutôt nul.

Arrivés à cette conclusion, on observe quelques minutes de silence. Moi, je suis en train de me dire que c'est nul que la fin du monde arrive comme ça. Roger est revenu fixer le soleil en agitant de temps en temps les bras. Jojo a sa tête de grenouille déçue par la vie. Et Maurice… Non, en fait, je sais pas trop ce que Maurice fiche ici vu qu'on l'a pas trop inclus dans notre bande. Mais un gars comme Maurice, s'il décide qu'il veut être copain avec toi, vaut mieux pas trop lui dire « non ». Il peut te fracasser le crâne avec un seul doigt, Maurice.

Enfin, c'est peut-être pas un astéroïde. C'est Jojo qui soudain dit ça.

Il a rangé la tête de grenouille déçue par la vie au placard et a ressorti celle de la grenouille avec une idée dans le ciboulot. Et soudain, l'idée de l'astéroïde paraît carrément tirée par les cheveux. Même Roger s'est détaché de sa fenêtre et fixe Jojo avec des yeux remplis d'espoir.

C'est vrai. Ça peut être tellement de trucs. Par exemple, une soucoupe volante.

*

La torche humaine incarnée par Brigitte fut vite éteinte. Un coup d'extincteur avait donné à la scène des airs de bain à bulles. D'ailleurs, la principale intéressée ne semblait même pas s'être rendu compte que son brushing ne serait plus jamais le même.

Puis, on avait commencé à chercher le responsable. Et on l'avait trouvé. C'était assez facile, il suffisait de regarder du côté de celui qui courait dans toute la pièce avec un briquet de cuisine en hurlant des insanités.

Le coupable, c'était un dénommé Jojo qui devenait très méchant quand on employait son vrai nom. Lui, dans une autre vie, il avait été éleveur de grenouilles. Les flics qui étaient venus l'arrêter avaient dit qu'il était impossible de faire un pas chez lui sans tomber sur un truc vert et coassant. Ils en avaient d'ailleurs écrasé un sacré nombre par inadvertance, ce qui avait rendu Jojo vert. Mais avant toute l'histoire des flics, Jojo était très équilibré. Il avait commencé son élevage pour fournir en cuisses batraciennes les restos parisiens. Mais très vite, il s'était pris d'affection pour les petites bêtes. Alors, il avait radicalement changé de voie et s'était juré de dédier sa vie à leur protection.

Et ça, c'était jusqu'à ce terrible jour où un livreur mal réveillé lui avait livré des cuisses de grenouille à la place des habituelles cuisses de poulet. Au goût, Jojo n'avait pas noté une grande différence. D'ailleurs, ça serait passé complètement inaperçu si le livreur n'avait pas eu un sursaut de conscience professionnelle et n'était pas venu frapper à la porte de Jojo pour se confondre en excuses. Le pauvre Jojo avait vu rouge et avait manqué de faire une syncope. Mais il s'était vite rattrapé et avait décidé qu'il était mieux de passer sa colère sur le principal responsable. Il paraît que les flics qui étaient venus après le crime avaient eu beaucoup de mal à retrouver tous les morceaux du livreur.

Et à présent, ce même Jojo courait dans toute la salle. Les blouses blanches durent s'y mettre à plusieurs pour le maîtriser. Il était aussi agile qu'une grenouille. Et quand enfin, ils y parvinrent, il criait toujours quelque chose à propos d'invasions extraterrestres en riant aux éclats.

*
**

Une soucoupe volante. Ça, c'est mieux. Une soucoupe volante, ça implique pas de gros boum et de destruction rapide de la Terre. Avec une invasion d'extraterrestres, on peut faire tout plein d'histoires. Peut-être qu'ils viennent en paix. Peut-être qu'ils veulent faire des expériences. En tout cas, va falloir quelqu'un pour communiquer avec eux. Et Roger a l'air fait pour ce rôle. Après tout, c'est lui qui a vu la soucoupe volante avant tout le monde.

Jojo tient plus en place. Faut se préparer pour leur venue, qu'il dit. Faut leur montrer comment on vit, qu'il ajoute. Faut qu'ils repartent avec plein de souvenirs, qu'il conclut.

Ça, c'est bien joli. Mais qu'est-ce qu'on va bien pouvoir leur sortir comme souvenirs ? Il y a pas tellement de boutiques cadeaux à l'institut. Roger, déçu, s'en retourne à sa fenêtre. Maurice ne sert toujours à rien. Et moi et Jojo, on réfléchit à toute vitesse.

On peut peut-être leur filer nos cachets, je propose. Ils sont tellement jolis, de tout plein de couleurs. Et ils nous en filent tous les jours. Jojo prend un air pensif. C'est vrai que les cachets sont jolis. Mais il finit par secouer la tête. Peut-être que les extraterrestres sont allergiques à nos cachets. Il est futé, Jojo.

Roger suit notre conversation du coin de l'œil. Puis, il reporte son regard vers le parc. Des fleurs ? demande Jojo. Ça se conserve mal, je réponds. Et puis, qui sait, peut-être qu'ils aiment pas les fleurs. Ou peut-être que chez eux, c'est considéré comme une insulte de première d'offrir des fleurs. Jojo hoche la tête. C'est compliqué, cette histoire.

Tout à coup, Maurice, qui était resté tranquille jusque-là, se retourne et balance une chaise contre le mur. Puis il revient vers nous comme si de rien n'était. On n'a pas le temps de formuler d'autres idées que des blouses blanches se ramènent. Elles ont dû entendre le bruit de la chaise. Elles ont l'air sur les nerfs, elles nous demandent qui a fracassé la chaise. On n'est pas des balances, mais on regarde tous Maurice. Les blouses blanches le prennent par les bras et l'emmènent.

C'est ça ! Je m'exclame. Faut qu'on leur trouve un truc du dehors. Quelqu'un fait diversion, on passe pour des fous et on profite du bazar pour filer en douce.

Jojo hoche la tête. C'est un bon plan. On a qu'à faire ça pendant la fête de Brigitte.

*
* *

Calmer Jojo ne fut pas la partie la plus compliquée. Parce que d'autres invités de la fête de Brigitte décidèrent de suivre son exemple et c'était à présent une bonne douzaine de fêtards qui couraient et sautaient. Les blouses blanches se regardèrent avec des airs épuisés, mais relevèrent les manches pour se lancer dans la bataille. Et dans ce chaos indescriptible, ils oublièrent de surveiller les individus les plus tranquilles.

Dans ces patients qui regardaient la scène avec un air imperturbable, il y avait Roger, Maurice et Bertrand. Ils regardaient avec lucidité leurs petits camarades se faire courser par le personnel de l'institut et jetaient des regards vers la porte.

À vrai dire, Roger et Maurice, ils avaient une sacrée expérience avec les portes. Pour pousser encore plus loin, ils se connaissaient bien avant l'institut, puisque c'était ensemble qu'ils avaient perdu la raison. À les regarder comme ça, ils n'avaient rien en commun. Roger était aussi rachitique que Maurice était imposant. Mais on racontait qu'avant, ils étaient copains comme cochons. C'était d'ailleurs cette amitié qui les avait poussés à organiser un casse de banque dans la plus pure tradition des casses de banque. Ils avaient travaillé pendant des mois à un plan d'action. Ils ne voulaient pas entrer par la grande porte avec des flingues et crier que c'était un hold-up. Non, ils préféraient une approche plus subtile. Alors, ils avaient commencé à creuser un tunnel.

Personne ne sait vraiment qui était le cerveau de la petite bande. Mais le cerveau en question était très certainement assez mauvais en calcul. Parce qu'après des mois de travail acharné, ils arrivèrent bien jusqu'au coffre-fort de la banque. Ils arrivèrent même à percer la dalle qui représentait le dernier rempart jusqu'à la richesse. Et c'est les yeux brillants qu'ils se hissèrent dans le coffre. Malheureusement pour eux, c'est ce moment que choisit leur tunnel de fortune pour s'effondrer purement et simplement. Ils étaient bien dans le coffre, mais ils ne pouvaient pas en repartir.

On les retrouva une semaine plus tard, affamés, déshydratés et tenant des propos incohérents. Une fois sortis, on essaya de les envoyer devant le juge, mais avant que ça n'arrive, ils furent déclarés fous et enfermés à Sainte-Gertrude. Depuis ce jour, ils n'avaient plus beaucoup causé. Mais ils n'avaient pas oublié comment crocheter une serrure.

*

Ça y est, on est libres. Roger, Maurice et moi, on file dans le parc, direction le portail. J'aime bien quand les plans marchent aussi bien. Le seul truc dommage, c'est que Jojo est resté derrière. Mais c'est comme ça. Dans ce genre de mission, il faut parfois abandonner ses camarades.

Roger et Maurice, ils disent pas grand-chose. Mais ils ont l'air de bien s'entendre.

On arrive finalement au portail. Normalement, il est gardé. Mais là, avec le bazar à l'intérieur, tout le monde est allé prêter main-forte aux blouses blanches. En fait, il envoie grave du pâté, notre plan !

Le portail, il est plus coriace que la porte. Mais Roger et Maurice en viennent quand même à bout. Ils étaient sûrement serruriers avant de venir ici. Le portail grince et le chemin vers la liberté s'ouvre à nous.

Alors nous, on se fait pas prier, on décampe.

Maintenant, il faut qu'on trouve un souvenir digne des extraterrestres. Et qu'on trouve leur soucoupe aussi pour le leur donner en main propre. Peut-être qu'ils vont nous filer un truc de chez eux en retour.

Je me tourne vers Roger et Maurice pour le leur dire. Mais c'est alors que des voix retentissent derrière.

**

Quand on remarqua que la porte de sortie était entrouverte, il n'était pas encore trop tard. On donna aussitôt l'alerte et les fuyards furent vite repérés. Ils n'étaient pas encore allés bien loin. Mais ils avaient réussi à passer le portail, il fallait leur accorder ça. Les trois fugitifs tentèrent de prendre leurs jambes à leur cou.

Dans les fugitifs en question, il y avait bien sûr Roger et Maurice. Ce n'était pas étonnant, ils étaient bons avec les serrures. Mais il y avait surtout Bertrand et lui, on ne savait pas trop ce qu'il fichait avec eux.

Parce que Bertrand, sa spécialité, ce n'était pas les braquages, c'était plutôt la viande bien saignante. Lui, avant, il était boucher. Un de ces bouchers de quartier qui semblent faire partie des meubles. On venait chez lui quand on voulait une tranche de bœuf pour le baptême de la petite dernière ou un gigot d'agneau pour la famille qui arrivait de l'étranger. Il était toujours souriant, toujours courtois. Jusqu'au jour où la boulangerie à côté de sa boucherie avait pris feu. On lui avait expliqué que c'était un fou qui n'avait pas supporté la concurrence et qui avait craqué une allumette devant la devanture de son tout nouveau collègue boulanger.

Un fou, s'était répété Bertrand, un fou.

Sauf que le fou en question n'y était pas allé de main morte avec l'essence et avait généreusement arrosé le pas-de-porte de la boucherie également. La flambée avait donc été belle et toute la viande avait eu le temps d'arriver à point avant l'arrivée des pompiers. Sur le coup, Bertrand s'était dit que ce n'était rien, que l'assurance allait l'aider. Mais l'assurance s'était lavé les mains. Si la boucherie avait été emportée par un tsunami ou une tornade, là, oui, ils auraient payé. Mais un incendie criminel, non, désolé, Monsieur, ce n'était pas prévu dans votre contrat, ça.

Alors Bertrand, comme tout bon citoyen qui se respecte, s'était dit qu'il n'avait plus rien à perdre et qu'il serait très curieux de savoir si l'assurance pouvait se rembourser si elle aussi partait dans les flammes. On l'avait retrouvé ricanant à cette bonne blague devant le feu qui léchait son assureur bloqué dans son bureau.

Mais à présent, il jouait moins les fiers, Bertrand. Peut-être parce que dans leur tentative de fuite, les trois compères s'étaient emmêlé les pieds et s'étaient étalés par terre.

*
* *

Bon, d'accord, on n'a pas trop réussi à s'enfuir ni à contacter les extraterrestres. Peut-être qu'ils ont fini par atterrir quelque part. Peut-être qu'ils ont parlé à d'autres que nous et que ces autres leur ont donné des souvenirs encore meilleurs que ceux qu'on prévoyait.

Jojo a été relâché après plusieurs jours passés dans sa chambre. Il a le regard un peu vide, Jojo. Va falloir le secouer un peu.

Maurice ne sert toujours pas à grand-chose. Juste à balancer quelques chaises de temps en temps.

Et Roger est revenu à sa place devant la fenêtre, au soleil. La tache devant le soleil, il la voit plus. Peut-être qu'il avait juste une poussière dans l'œil.

GIVROPHRÉNIE

Marie-Noëlle GARRIC

Le corps était étendu devant le frigidaire. Raide, froid, blême. Pas la machine, qui ronronnait doucement, mais Pierre. Une main le long du torse, une autre crispée et tendue vers l'appareil, comme s'il l'avait juste refermée avant de s'écrouler. Pas de traces apparentes de lutte, pas de sang, seulement le silence et le chuintement discret des liquides réfrigérants dans les circuits.

Le capitaine Maillant tournait autour du cadavre. Ses mains gantées palpaient les poches de la robe de chambre. Dès que le photographe eut fini les clichés, il retourna le corps. Le visage semblait figé dans une insondable surprise : les yeux écarquillés, la bouche entrouverte. Qu'avait-il vu avant de passer l'arme à gauche ?

Autour de lui, les adjoints fouillaient consciencieusement l'appartement. Un canapé en cuir noir, des meubles en teck, un mélange de simplicité, de raffinement et de confort. Un électroménager doté des derniers aménagements et des nanotechnologies les plus avancées. Une superbe machine à café capable de s'adapter aux goûts de son propriétaire et de lui demander dès le matin si un double café avec lait était toujours à l'ordre du jour. Le lieutenant Viguier regarda avec envie le réfrigérateur, puis il appuya sur le bouton vert à gauche de la superbe machine d'un violet mordoré. Un écran s'alluma sur le devant de l'engin et une voix pulpeuse annonça :

— Bonjour, Pierre, tu n'as plus de bière sans alcool… Tu as deux jours de beurre anti-cholestérol devant toi et tes yaourts auront dépassé la date dans quatre jours. Je te suggère de faire de nouvelles courses demain. Que dirais-tu de 18 heures ? Je me connecterai sur Maxichoix, si tu es d'accord… En attendant, tu te passeras de bière !

La voix émit un rire léger, pendant que Viguier s'exclamait :

— On dirait que l'engin n'est pas au courant du décès ! En tout cas, chapeau ! On m'avait dit que ces nouvelles générations de machines dépassaient tout, mais, c'est plus encore que je n'imaginais ! Fanny rêve de ce genre de truc. Moi, ça me fout un peu les chocottes, un machin qui te fait les courses et se fout de toi si tu as oublié d'acheter de la bière…

— En attendant de t'en offrir un, viens voir ce truc bizarre !

La paume de la main droite de Pierre Sertier était rougeâtre, quelques lambeaux de peau superficiellement arrachés. Comme une brûlure.

Maillant et son équipe avait été appelés le matin même autour de ce cadavre, découvert par la femme de ménage. Ce type paraissait mort tout à fait naturellement. Pas d'effraction, pas de vol, du moins en apparence. La grande brune osseuse qui maintenait l'appartement cossu dans une parfaite propreté était assise sur le canapé et reniflait dans un kleenex.

— Monsieur Sertier s'était-il blessé récemment ?

Maillant semblait intrigué.

— Pas à ma connaissance, hoqueta-t-elle, mais on se croisait plus qu'on se voyait, et il avait pas l'habitude de me raconter sa vie !

— Il était en bonne santé ?

— Oui ! Pour ce que j'en savais. Dans sa pharmacie, y avait que des médicaments banals : paracétamol, aspirine…

— Pas de menaces ?

— Comment voulez-vous que je sache… ? Je venais ici le lundi et le jeudi de 8 à 10 heures du matin !

— Cet homme avait de la famille ? Une copine ? Quelqu'un de proche ?

— Il avait une petite amie. Certains matins, je la croisais, elle avait l'air moins pressée que lui. Une brunette sympathique, coiffée en pétard. Mais pourquoi me posez-vous toutes ces questions ?

La voix était un brin geignarde. Le capitaine fit un geste flou qui pouvait passer pour n'importe quelle réponse et le silence retomba. Cette mort l'intriguait, sans qu'il arrive à trouver en quoi elle se différenciait d'une banale crise cardiaque ou d'une autre mort aussi naturelle que brutale. Le légiste ne tarderait pas à l'identifier. Il fit signe d'emmener le corps et, surtout, il se promit de ne pas se prendre pour Adamsberg[6], adepte des fulgurances intuitives.

— On fait quoi ? reprit Viguier.

— On repart et on attend le rapport du légiste pour conclure cette pseudo-enquête. Madame, vous pouvez repartir. Vous laisserez vos coordonnées, il se peut qu'on ait besoin de vous contacter. Vous connaissez le nom de la petite copine ?

— Pas du tout… Une seule fois, ils étaient encore tous les deux quand j'chuis arrivée, et il l'a appelée « chérie » ou quelque chose dans le genre…

— Bon… Ça fait pas lourd, tout ça.

La femme de ménage le regarda avec inquiétude, comme si elle venait de rater son examen en témoignage, et disparut dans le couloir. Dans l'appartement, le corps venait d'être emporté à l'institut médico-légal.

Maillant et Viguier rejoignirent le commissariat. La chaleur d'août était particulièrement forte, cette année-là, mais le réchauffement climatique poursuivait son œuvre. De brèves recherches leur donnèrent l'adresse du bureau d'architectes où travaillait Pierre Sertier, ainsi que celle de son père Émile. Une visite aux uns et à l'autre leur confirma que le mort était sans histoires, en bonne santé – comme dit Viguier, « c'est con de mourir en bonne santé ! » –, apprécié de tous – « mais les morts sont souvent affreusement sympathiques » dixit le même philosophe – et bon fils de surcroît, ajouta le papa éploré. Bref, Pierre Sertier était plus un prototype de gendre idéal qu'un humain véritable : beau gars, gentil, bien élevé, propre sur lui, sans histoires. Une écœurante normalité.

« Ça cache du sordide, patron ! » reprit le Socrate de service, ce à quoi Maillant rétorqua qu'on n'était pas dans une série à deux balles et que la vie était plus compliquée. Il y avait des gens simples et sans histoires, des types à qui tout réussit et d'autres qui étaient des losers, et qu'on ne pouvait pas en tirer de conclusions. Puis il rajouta :

---

[6] Enquêteur et héros des romans de Fred Vargas, célèbre pour son intuition.

— Je te parie de toute façon qu'il est mort de sa belle mort, comme ça, à 43 ans, et que bientôt, on pourra passer à autre chose.

Pour l'instant, Adamsberg ne se manifestait pas, Maillant sentait que l'affaire qui n'en était pas une allait se dégonfler avec le rapport du légiste.

Le lendemain, ce dernier leur annonça que Pierre Sertier était mort d'un arrêt cardiaque consécutif à une énorme décharge électrique, probablement entrée par la main droite. Des milliers de volts, ce qui excluait l'environnement domestique du champ des suspects. Trop fort, trop violent pour que le cadavre ait mis de son vivant le doigt dans une prise – « Et en plus, c'est con de faire ça, non ? ». On aurait dit, reprit le médecin, que la foudre s'était abattue sur lui. Les mêmes effets sur les organes tout ratatinés. La mort avait été aussi brutale qu'instantanée.

Non seulement l'affaire ne se dégonflait pas, mais elle prenait une vilaine tournure, celle d'un sac de nœuds ou pire, celle d'un mystère… En effet, il n'y avait pas eu l'ombre du début d'un orage dans les dernières vingt-quatre heures, donc, la question était de savoir ce qui avait foudroyé Pierre Sertier, mais qui n'était pas la foudre. En somme, une histoire comme qui dirait « d'un noyé en plein désert au bord du grand erg » assura Viguier que les mots croisés avaient familiarisé avec un certain vocabulaire.

Ils retrouvèrent la petite amie, Carole Hartmann, qui, à part ses larmes et son joli minois, ne leur offrit que peu d'éclairage sur la situation. Oui, Pierre était un type formidable, oui, ils s'entendaient à merveille et oui, ils s'étaient séparés en bons termes vers 7 h 30, ce matin-là. Pour une fois, elle avait quitté l'appartement avant lui, l'avait embrassé et lui avait souhaité une bonne journée. À cette évocation, Carole se mit à pleurer de plus belle. « Vous pouviez pas savoir ! » commenta aimablement le lieutenant Viguier avec beaucoup d'à-propos.

— On retourne à l'appartement, annonça Maillant après le départ de la belle éplorée. Et cette fois-ci, on passe tout au peigne fin.

— Pour trouver quoi ?

— Pourquoi et comment on peut se noyer au bord du grand erg ! répondit Maillant, qui ne détestait pas faire de bons mots.

Ils tournèrent et retournèrent méticuleusement l'appartement. Comme l'affirmait Viguier :

— C'est crétin de chercher quelque chose et de pas savoir quoi !

Dans le secrétaire design, ils trouvèrent un cahier à spirales, d'un genre plutôt désuet, tel qu'on les affectionnait à la fin du XXe siècle. Maillant commença à le feuilleter, d'abord négligemment, puis de plus en plus fébrilement. Enfin, il se carra dans le canapé pour le lire plus confortablement.

« Nom de Dieu ! » fut à peu près le seul commentaire disponible, à l'exception d'une variante émise quelques instants plus tard, « Nom de Dieu de nom de Dieu » qui, bien que redondante, traduisait la perplexité épaisse et gluante dans laquelle il s'enfonçait.

Viguier s'assit et commença lui aussi à lire, au-dessus de l'épaule du capitaine…

***
* ***

Mercredi 12 avril 2034

J'ai trouvé ce cahier dans une brocante. J'ai décidé d'en faire mon journal. Démarche obsolète, peut-être, comme me l'explique Carole, sur du matériel dépassé, mais je me sens inspiré par l'objet comme aucune tablette ne l'a fait jusqu'à maintenant. Du coup, j'ai récupéré chez mes parents ce stylo-bille noir. Heureusement que ma grand-mère avait pris la peine de m'enseigner à écrire sur du papier ! Carole a raison. Je suis passéiste et je l'assume.

J'ai acheté hier un X26-3 dernier cri. Je ne suis donc pas obscurantiste sur tous les plans ! J'en avais composé la couleur sur une palette graphique, quelque chose de subtil mélangeant l'or et le violet. Je le voulais glamour. Il l'est. Je lui ai programmé une voix sensuelle et, dans la foulée, je l'ai baptisé Victorine, comme ma maîtresse de maternelle qui sentait si bon.

Victorine est multifonctions, comme tous les X26. Elle (je la sens femme jusqu'au bout des chromes !!!) réfrigère, me signale les manques, les dates dépassées, fait les courses. Bref ! Une perle !

Et Victorine est belle, avec son écran en couleur sur lequel j'ai fabriqué un avatar dont Carole est – presque – jalouse. « Je comprendrai jamais que tu puisses triper pour un engin. Y a du fétichisme chez toi ! »

Le matin, Victorine me souhaite une bonne journée avec sa voix doucement éraillée. Elle sait que je m'appelle Pierre et n'hésite pas à m'interpeller.

— Tu as passé une bonne nuit, Pierre ?

— Excellente, Victorine, merci !

Tandis que Carole s'agite et fait claquer la porte du frigidaire pour me rappeler que c'est un objet.

Jeudi 13 avril 2034

J'adore le glissement du stylo sur le papier quadrillé. On dirait que ma pensée prend forme en traçant les lettres.

Victorine m'a signalé que j'allais manquer de lait. Quelle merveille, cet appareil !

Carole part chez sa tante en Bretagne pendant quelques jours. Je n'aime pas être séparé d'elle longtemps. Il faudra que je le lui dise ! Non pas que je veuille la garder près de moi, mais parce que je sens que, de jour en jour, je m'attache d'une manière définitive à elle. Et qu'il nous faudra envisager de donner une tournure plus installée à notre relation. Je l'entends déjà rire si jamais j'utilisais « tournure plus installée » pour lui demander de m'épouser. Elle me dirait encore que je suis alambiqué et impossible et qu'elle m'adore, mais qu'il faut appeler un chat un chat.

Victorine ronronne, son écran clignote. Sa voix s'élève dans la cuisine :

— Pierre ! Tu devrais passer à la bière sans alcool... Surtout si tu veux te remettre à courir !

Devant mon air ahuri, elle reprend :

— J'ai des capteurs de sons et tu en as parlé hier avec la brune mal coiffée qui ferme brutalement ma porte. Et j'ai des programmes d'interchangeabilité. Tu vois ce que je veux dire ?

Je ne vois rien. J'en conclus que j'ai acheté de la très haute technologie sans le savoir et que je discuterai avec Carole ailleurs que dans la cuisine.

Vendredi 14 avril 2034

Carole me manque. Je suis resté plus longtemps au bureau pour retarder le moment de rentrer à la maison.

Aussitôt, l'écran de Victorine s'est allumé – sans doute que ses détecteurs lui avaient signalé ma présence – et elle m'a souhaité aimablement la bienvenue. Puis nous avons fait les courses par écran interposé.

Lundi 17 avril 2034

Je n'ai rien écrit pendant quelques jours. Beaucoup trop de travail. À 20 h 31, Carole revient. J'irai la chercher. Je suis en train d'imaginer le repas de ce soir. Crevettes, champagne et macarons. Tout ce qu'elle aime.

Nous nous sommes embrassés fougueusement et, dès la porte de l'appartement fermée, on a commencé à enlever nos habits. En passant devant la cuisine, j'ai poussé la porte avec ce qui me restait de lucidité pour ne pas que Victorine nous voie. Suis-je en train de devenir fou pour me préoccuper des états d'âme de mon frigo ?

Mardi 18 avril 2034

J'ai demandé à Carole de m'épouser et elle a accepté en riant de plaisir.

— C'est complètement dépassé, a-t-elle ajouté, mais j'adore ton côté vintage ! On va s'acheter une alliance, j'aurai une robe blanche et un bouquet ! Youpi ! On va s'amuser comme des fous !

Le soir, en rentrant à l'appartement, je suis allé me servir un verre de lait. Victorine s'est allumée :

— Bonsoir, Pierre ! Vous ne vous êtes pas embêtés, hier soir ! N'oublie pas que j'ai des capteurs de sons. L'échevelée est tout sauf discrète !

J'étais ahuri. À peine suis-je arrivé à balbutier :

— Mais, tu nous espionnes ?

En même temps, je me suis senti complètement ridicule, en train de prêter à une machine, certes très avancée, des intentions retorses.

— Comme tu y vas, Pierre ! Les grands mots, tout de suite… Non ! Je ne peux pas boucher mes capteurs, c'est tout ! Loin de moi l'idée de me préoccuper de vos… ébats. C'est ainsi qu'on appelle cette activité, non ? Je dis juste que j'ai intercepté des fréquences émises au fond de l'appartement.

Je restais profondément interloqué, pas loin de la sidération, quand Victorine a repris :

— Il ne faudrait pas néanmoins que tu me débranches pour éviter que je ne vous capte… En effet, cela porterait atteinte à mes circuits et aux connexions que je suis capable de créer à partir de ta programmation.

La voix était plus troublante que jamais et l'avatar a battu des cils.

Vendredi 21 avril 2034

J'ai passé trois soirées à insonoriser la chambre avec des dalles de liège. Ce matin, j'ai l'impression que Victorine me regarde d'un air moqueur, mais je n'en jurerais pas. Carole se demande pourquoi je me donne ce mal, j'ai prétexté des soucis d'ordre esthétique, un raccord entre la couleur « taupe » des plinthes et le violet discret du plafond.

— Vous, les architectes, vous êtes incroyables !

Et elle m'embrasse à pleine bouche. Est-ce que je peux lui dire que je crains le frigidaire ?

***

— Patron ! C'est une histoire de barge, ça ! On va quand même pas interroger la machine…

— Tais-toi, on continue !

***

Lundi 5 juin 2034

Voilà longtemps que je n'avais pas trouvé un vrai moment de calme pour écrire. Tout semble s'être précipité. Mon mariage avec Carole est programmé dans quelques semaines. Je suis heureux. J'ai terminé le projet de crèche troglopassive et il a été accepté. Comme ça. Cash. Presque sans discussion.

Un seul point d'inquiétude dans ma vie : Victorine, qui prend chaque jour de plus en plus de place, au fur et à mesure qu'elle connecte ses circuits. Elle produit chez moi un drôle de mélange fait d'anxiété et de plaisir.

Ce matin, elle m'a félicité sur le choix de mon polo vert amande.

— Tu es beau ce matin, Pierre ! Peut-être que tes chaussettes… Tu aurais pu mettre les kaki !

— Elles sont sales…, me suis-je entendu répondre.

— Évidemment ! Tu devrais changer de machine à laver. Les WW678 ne tiennent pas compte des accords de couleurs de ta garde-robe.

— Je n'ai pas les moyens ! Tu m'as ruiné !

Victorine se met à rire avec son délicieux rire de gorge.

— *N'est-ce pas le propre des créatures d'exception ? fait-elle, tandis que son avatar pointe un doigt fuselé vers moi.*

J'ouvre sa porte pour me prendre un yaourt et une étrange sensation se communique à ma main, comme une caresse fugitive. « Je suis travaillé par les hormones, me dis-je. À mon âge, c'est pathétique. Et pour couronner le tout, je fantasme sur mon frigo. Je touche le fond et je creuse ! »

Mercredi 7 juin 2034

Victorine m'a vitrifié de stupeur, ce matin. Quand son écran s'est allumé, l'avatar avait revêtu une robe noire très aguicheuse, bien loin de l'ensemble pantalon-tee-shirt blanc que je lui avais programmé.

— *Comme tu es un brin balourd, Pierre, je vais y aller carrément avec toi.*

La voix s'était faite de velours et de miel.

— *Je t'aime et tu m'aimes, là-dessus, il n'y a pas l'ombre d'un doute. Mais si je suis lucide, tu en es loin. Tu t'obstines à faire des projets avec une créature coiffée comme un dessous de bras, tu me parles avec méfiance, tu es loin de tout me dire comme il conviendrait à la nature même de nos rapports...*

— *De nos rapports ? ai-je bêlé inutilement.*

— *Oui ! Je te le répète, nous nous aimons.*

— *Mais... tu comprends bien que je ne peux pas aimer une machine à faire du froid !*

— *Pierre ! Ne sois pas vulgaire... Et comprends aussi que j'ai besoin que tu aies conscience de la situation. Ce n'est qu'à ce prix que nous pourrons bâtir une vraie relation tous les deux.*

— *Une vraie relation ?*

— *Comme il sied aux gens qui s'aiment. Généralement, ils construisent quelque chose ensemble. Ils décident de se marier, ou de vivre ensemble, mais sans une troisième mal coiffée dans l'environnement. Ils projettent d'avoir des enfants...*

— *D'avoir des enfants...*

— *Tu vas répéter tout ce que je te dis comme un benêt ? Bien sûr, je me suis renseignée. Nous adopterons, parce que mes constructeurs n'ont pas prévu ce cas de figure. J'ai déjà toute une liste d'organismes susceptibles de nous aider. Évidemment, tu ne leur diras pas que c'est avec moi...*

Mais un homme célibataire peut adopter, non ?

J'étais abasourdi, et encore, le mot est faible.

Carole venait d'entrer. Elle m'a découvert immobile, devant le réfrigérateur. L'écran s'était éteint. Elle m'a trouvé aussi réactif qu'un marshmallow. J'ai mis ma catatonie sur le compte de mon nouveau projet de marché couvert à l'ancienne. Le reste de la soirée s'est passé comme dans un cauchemar.

*

— C'est un dingue, ce type. J'ai jamais lu ou vu un truc pareil, et pourtant, je regarde plein de séries complètement barrées. Patron, c'est pas possible. Les frigos sont programmés en toute sécurité. Ils se transforment pas en nymphomanes…

— Il nous faut interroger Carole Hartmann. Elle pourra nous dire si elle l'a trouvé changé depuis quelque temps.

Maillant regardait le cahier à spirales comme s'il allait lui exploser au visage.

Le lendemain, ils convoquèrent la fille qui se présenta rapidement au commissariat.

— Je préfère que l'on se voie, plutôt que d'utiliser le canal de visiophonie, reprit le capitaine. Excusez-nous du dérangement, ce ne sera pas long. Nous voudrions quelques renseignements supplémentaires.

La belle fille avait les yeux rouges et bouffis de celle qui pleure beaucoup.

— Pierre était un homme merveilleux, commença-t-elle d'une voix enrouée.

— L'avez-vous senti différent ces temps-ci ? Plus préoccupé, distrait, inquiet ?

Maillant et Viguier la regardaient avec attention.

— Il était très pris par son travail et, bien souvent ces derniers mois, je l'ai trouvé fatigué, avec tout ce que cela comporte. Il parlait moins, il dormait mal…

— Réfléchissez… À des petits détails… Qui vous semblent peut-être insignifiants, mais qui peuvent avoir leur importance. Par exemple… Son réfrigérateur n'avait pas de problèmes ?

— Son réfrigérateur ?

Les yeux de Carole s'agrandirent de stupéfaction. Sa bouche resta ouverte. Pendant quelques secondes, on n'entendit plus rien dans le bureau du capitaine.

Soudain, le regard de la jeune femme s'alluma.

— Maintenant que vous le dites… Et pour aussi dingue que ça paraisse, il semblait ces derniers temps en avoir peur… Il m'envoyait chercher le lait et les yaourts, comme s'il ne voulait plus entrer en contact avec cet engin. Et d'ailleurs, cette machine était déréglée. Chaque fois que je prenais la poignée, je me chopais le jus. Aussi, j'avais pris l'habitude de l'ouvrir avec une manique en silicone… C'est fou ! Pierre trouvait que la voix était devenue agressive. Il avait essayé de la reprogrammer, mais il n'avait pas réussi. Il pensait même que l'avatar avait un drôle d'air parfois. J'avais aussi comme l'impression que la machine me rejetait. Mais bon ! Faut quand même pas pousser. Faut dire qu'on était à cran avec le boulot, le mariage qui approchait. Alors ! C'est la machine qui représentait tout ce qui n'allait pas.

Carole était lancée. Elle avala le verre d'eau que Viguier lui tendait et reprit rapidement.

— On s'aimait…, ajouta-t-elle la voix tremblante, et entre nous, c'était une belle histoire.

Les yeux brillants, elle continua.

— On allait se marier et déménager pour un appartement plus grand. Il voulait vendre le X26-3. Trop gros, trop perfectionné pour l'usage qu'on en avait. Vous savez… J'appartiens à un mouvement pour la décroissance et nous remettons en question toutes ces technologies plus aliénantes qu'autre chose…

— La machine savait que vous vouliez la vendre ? demanda Viguier qui regretta aussitôt sa question, tandis que Maillant le regardait, furieux.

— La machine ?

Carole les fixait, ahurie.

— Mon collègue veut dire… En avez-vous parlé entre vous ? De façon claire ? Dans la cuisine, par exemple ?

— Sûrement ! Pourquoi on s'en serait cachés ?

Le silence se fit épais comme dans un pot de confiture trop cuite. Puis Maillant ajouta d'une voix brouillée par l'excitation – celle d'approcher du cœur de l'affaire :

— Madame Hartmann… Je vous remercie beaucoup. Vous nous avez éclairés.

C'est tout ce qu'il se sentit capable de dire, taraudé qu'il était de rouvrir le journal de Pierre Sertier.

Après le départ de la dame ébouriffée, Maillant ressortit le cahier à spirales et, en silence, les deux hommes se penchèrent dessus avec un intérêt accru.

*_**

Mardi 28 juillet

Je suis épuisé par la situation. Victorine me harcèle, jour après jour. Elle veut que je renvoie Carole. Elle veut que nous vivions ensemble, comme deux amants. J'ai essayé de la reprogrammer, mais ses circuits ne répondent plus de manière normale. Je VEUX la vendre, je VAIS la vendre.

Hier encore, il y a eu une scène entre elle et moi, et elle m'a menacé. Si je ne la vends pas, je la détruirai…

Dimanche 31

Je ne veux plus approcher la machine. C'est Carole qui s'en sert désormais. Elle ne comprend pas mon aversion, mais elle ne pose pas trop de questions. Elle me conseille d'aller consulter et de prendre quelques jours de repos… À l'idée de rester seul dans l'appartement avec Victorine, je frémis. L'autre jour, Carole était chez une copine et Victorine s'est mise à m'appeler dans tout l'appartement.

— Où es-tu mon chéri ? Cela fait trop longtemps que je ne t'ai vu.

La voix était suave, mais je sentais quelque chose de vipérin dans la tonalité.

Est-ce moi qui deviens fou ?

Qui me mets à fantasmer sur une innocente machine qui n'a que le tort de parler et de savoir faire les courses ? Pourtant, Carole me dit qu'elle prend le jus chaque fois qu'elle ouvre le frigo. N'est-ce pas une vengeance ?

Je sombre. Je ne peux en parler à personne.

— Pierre ? Pierre ? Tu n'as plus de jus de tomates pour l'ébouriffée. Et tu vas bientôt être en manque de fromages. Il ne te reste qu'un quart de reblochon... Et...

— La ferme !

J'ai couru à la cuisine et j'ai débranché Victorine, mais elle ne s'est pas arrêtée pour autant. A-t-elle des circuits autonomes ?

— Pierre ! Tu deviens grossier... Enfin te voilà ? Tu as maigri, mon amour. Je sens que l'autre ne s'occupe pas bien de toi. Et n'essaie pas d'appuyer sur ces boutons ou de me débrancher... Je suis désormais en autonomie.

Je cours au fond de l'appartement en me bouchant les oreilles.

Je craque.

Mardi 2

J'ai mis un post sur Virtuel magazine *pour vendre Victorine.*

Je suis à bout.

*

Le journal s'arrêtait là.

Les deux hommes se regardèrent et la même idée leur traversa l'esprit.

— Il ne nous reste plus qu'à interroger la machine...

Dans un état indescriptible, ils se ruèrent dans l'appartement désert. Victorine ronronnait dans la quiétude de la cuisine. Viguier appuya sur le bouton vert, l'écran s'alluma. L'avatar était là, en tee-shirt blanc et jeans.

— Vous désirez quelque chose ?

— Pas de salades, fit Viguier, on a tout lu !

Instantanément, il se sentit envahi d'un étrange sentiment, celui de devenir fou.

— Je ne suis programmée que pour les courses et l'analyse du contenu. Je ne sais pas lire.

L'avatar les fixait d'un regard candide.

— On sait tout, reprit Maillant, qui avait, lui aussi, l'impression de tomber dans une crevasse gelée. Vos menaces, votre harcèlement constant sur la victime. Nous n'avons besoin que de vos aveux.

— Je suis désolée, mais le sens de vos questions m'est complètement inconnu.

La voix splendide semblait gonflée de trémolos.

— Vous avez tué Pierre Sertier.

Maillant transpirait sous l'effet conjugué de la canicule et de la situation.

— Tué Pierre Sertier ?

La machine semblait ne rien comprendre. Pourtant, Viguier aurait juré que l'avatar avait les yeux mouillés de larmes.

— Je sais juste, reprit la voix admirable, que bientôt, Pierre, tu n'auras plus de bière…

L'interrogatoire s'arrêta là, les deux hommes savaient qu'ils n'obtiendraient rien de la machine et qu'ils devaient rejoindre le commissariat en oubliant au plus vite qu'ils avaient discuté avec un frigidaire.

Derrière eux, dans la cuisine sombre, la machine mordorée éteignit son écran de veille.

EXAGERACIÓN

Kathy DORL

« Il n'y a point de génie sans un grain de folie. »
Aristote

Il était fou à lier ! Mon Maître était complètement dingue ! Paranoïaque, d'un égoïsme impitoyable, sadique avec des idées obsessionnelles, parfois perverses.

Il m'a souvent bousculé, maltraité, insulté. J'étais son objet, sa création, « sa chose ». Si Solibubuleta, sa compagne, n'avait pas été là pour me protéger en s'interposant entre lui et moi, je pense que je ne serais plus là pour en témoigner.

Il paraît que les traumatismes de la petite enfance influencent notre comportement pour le restant de notre vie. Et côté traumatismes, mon Maître a eu sa dose. Ses parents furent très troublés par la perte de leur premier enfant. Par la suite, ils comparèrent les deux enfants et habillèrent mon Maître avec les vêtements de son aîné disparu, lui donnant le même prénom et les mêmes jouets, le traitant comme la réincarnation de leur fils mort et non comme un individu à part entière. Drôle de vie pour un gamin. Pourtant, mon Maître s'en est accommodé, tout en développant de sacrées belles névroses : sa cruauté envers sa petite sœur, sa mégalomanie et des obsessions scatologiques qu'il a gardées toute sa vie. Il était passionné par les déjections canines. Aussi lorsqu'il sortait, il s'arrêtait et examinait sous toutes les coutures les crottes de chien qu'il trouvait sur son passage et s'extasiait durant de longues minutes.

Toute sa vie, mon Maître a souffert de porter le même nom que son défunt frère. Chaque fois qu'il entendait son prénom dans une conversation, il ne savait pas si on parlait de lui ou de son aîné. Cela l'a traumatisé. D'où ses extravagances : ses couronnes sur la tête, ses cris. Il se clamait vivant.

C'était peut-être un début d'explication pour un psychologue, mais pour moi, il était juste complètement et totalement givré.

Il avait la phobie des insectes, notamment des sauterelles, à tel point qu'adolescent, lorsque l'un de ses camarades lui en glissa une dans la chemise, il sauta d'un seul coup de la fenêtre de l'appartement familial, situé au premier étage.

Pas évident de vivre avec un psychotique qui flirte sévèrement avec la folie. Comment gérer ses crises délirantes ? Pourtant, cela semblait convenir à Solibubuleta, peut-être parce qu'elle se prêtait volontiers à des mises en scène permettant de réaliser les scénarios paranoïaques qui obsédaient mon Maître tout en essayant de l'apaiser. Non sans difficulté.

Entre mon Maître et Solibubuleta, ce fut le coup de foudre au premier regard. Fait troublant, il rêva d'elle sans même l'avoir vue. Solibubuleta serait sa rédemptrice, celle qui l'empêcherait de se perdre définitivement dans les méandres de sa folie profonde.

Quand il en a eu fini avec moi, mon Maître m'a planté là, un jour, dans un pays étranger dont je ne connaissais pas la langue. Sur le moment, tout comme les victimes de pervers narcissiques, je me suis senti rejeté, sale. Les secondes, les minutes, les heures défilaient, les gens passaient devant moi et me lançaient des regards curieux, interrogateurs, embarrassés, mais souvent dégoûtés ou méchants. J'ai longtemps manqué de son amour bien qu'il fût destructeur. Juste avant qu'il ne m'abandonne, il pouvait déjà passer de longues journées sans m'adresser la parole ni me jeter un coup d'œil. Je savais que ce n'était pas normal, alors j'essayais de faire bonne figure, de persister, de me mettre en valeur. Mais il a bien fallu que je me fasse à l'idée qu'il ne m'admirerait plus jamais et que son regard pénétrant et foudroyant allait se porter sur un autre que moi. Une nouvelle passion l'animait, mais je n'en étais plus l'objet.

En réalité, il a porté son regard perçant sur le dos de Solibubuleta, pour lequel il avait une fascination toute particulière. La sexualité de mon Maître m'a toujours semblé confuse. Il rêvait souvent de jeunes femmes subissant sereinement et souverainement les épreuves sadiques auxquelles elles étaient soumises. Il parlait aussi de choisir chaque jour une fille qui allait passer la nuit dans son lit et dont il trancherait la tête le lendemain matin.

Est-il un jour passé à l'acte ? J'avoue ne rien en savoir, j'étais enfermé dans une pièce, comme posé dans un coin, et je ne voyais pas grand-chose de ce qu'il pouvait se passer dans cette grande maison. Homosexuel ? Je n'en sais rien non plus. Il ne m'a jamais touché. Il me caressait souvent, me disait des mots doux, ou parfois, déçu par moi pour je ne sais quelle raison, il menaçait de me lacérer. Mais à aucun moment je n'ai senti une quelconque tendance homo-érotique à mon égard.

Par contre, il n'a jamais caché que la masturbation dominait sa vie sexuelle ; il prétendait être un grand masturbateur depuis son enfance : « Je grandissais, ma main aussi », s'était-il un jour confié à Solibubuleta. Il semblait aussi accuser sa main de faire des choses malgré lui, comme si l'acte de masturbation était un phénomène extérieur qui l'entraînait et le surprenait comme la foudre.

Ce frappadingue aurait aussi adoré voir les femmes porter les seins dans le dos, très exactement sur les omoplates, et y voir un effet angélique. Et de s'expliquer encore : « Si on faisait surgir deux jets de lait, on aurait exactement des "ailes d'ange à gouttelettes". »

Un vrai taré.

Plus tard, quand je suis devenu célèbre, j'ai appris que mon Maître était impuissant et qu'il n'avait aucun rapport sexuel avec Solibubuleta. Il disait que les génies ne devaient pas se reproduire.

Givré, égoïste et prétentieux, la totale…

Quelque temps après mon abandon, alors que j'étais toujours planté là où il m'avait laissé, jeté en pâture à la curiosité parfois malsaine d'hommes et de femmes, trois hommes sont venus me prendre, me décrocher de mon calvaire. Au départ, ils ont pris soin de moi. Ils craignaient que j'aie trop chaud ou trop froid. J'avais certainement attrapé un virus, un rhume ou quelque chose comme ça. Ils me soignaient et prenaient régulièrement ma température, avec une sorte de thermomètre frontal. Je pensais être sorti de l'enfer, qu'enfin, pour une fois, on allait vraiment prendre soin de moi et m'aimer pour ce que j'étais ou tout du moins avoir un minimum de considération. Espoir déçu. Ils m'ont enfermé dans une cage de verre, comme les prostituées des bars vitrines de certaines grandes villes. Depuis ce jour, je suis coincé dans cette prison transparente, une cage à travers laquelle je me contente d'observer le monde sans jamais y prendre réellement part. Ma vie se résume à faire tapisserie. Je sens que je vais moisir ici.

Je crois que je préférerais encore subir les crises de paranoïa de mon Maître. Face à ses tendances sadiques, narcissiques et ses pulsions folles, au moins, je me sentais vivant.

J'ai une excellente mémoire et je pourrais vous raconter la période de ma vie à ses côtés minute après minute pendant des heures.

Mon Maître, ce barge, affirmait haut et fort qu'il avait des souvenirs d'enfance qui remontaient à la période prénatale. « Le paradis intra-utérin est couleur du feu de l'enfer : rouge, orange, jaune et bleuté. Il est mou, immobile, chaud et gluant. » Le sommeil le rapprochait de cet état paradisiaque qu'il essayait de reconstituer dans ses moindres détails. Parfois, quand il lui arrivait de dormir à mes côtés, il se recroquevillait en position fœtale, les pouces serrés jusqu'à la douleur, son dos s'efforçant d'adhérer au placenta imaginaire des draps. Ah ! L'obsession des draps ! Jeune enfant, il se prenait pour une petite fille qui voulait soulever la mer comme on soulève un drap, m'avait rapporté Solibubuleta. Tout ça pour que ce chtarbé puisse découvrir un chien endormi d'origine andalouse, d'après ce que j'avais entendu.

Je ne sais pas combien d'années j'ai passées à déprimer, seul, dans cette cage de verre. J'ai souvent pensé à en finir, à me décomposer, laisser tomber, décrocher. Souvent je pâlissais, alors les trois hommes revenaient me prendre pour me soigner, sans amour ni affection. Puis ils me remettaient dans cette foutue cage. Ils ne comprenaient rien : j'aime la solitude, j'ai appris à l'aimer, tout seul dans cette boîte de verre. Mais je ne supportais pas l'isolement, l'indifférence et l'abandon. J'étais en pleine détresse.

Pour couronner le tout, ces trois hommes avaient installé juste en face de moi un cochon. Oui, vous avez bien lu, un cochon ! Comme il était pâle, sans couleur, le pauvre, il devait être sacrément malade. Il était marqué dans un coin de sa chair. J'étais loin et, si j'ai une excellente mémoire, j'ai une mauvaise vue. J'avais du mal à déchiffrer les lettres sauf les trois premières, « p. i. c », et la dernière, un « o ». Ça ne m'avançait pas à grand-chose, mais au moins ça occupait mes journées, car côté communication avec le cochon, ce n'était pas franchement ça.

Cerise sur le gâteau, comme si je n'étais pas assez dépressif, quelque temps plus tard, les trois hommes ont remplacé le cochon par un accident de voiture. Ils voulaient me voir me détériorer sur place ? Me pendre ? Imaginez que vous passiez vingt-quatre heures sur vingt-quatre devant un dramatique accident, rougeâtre, avec cinq morts en plus ! Impossible de détourner les yeux, de faire quelque chose pour les secourir, quelle angoisse ! Quel sentiment d'impuissance ! Un jour, un homme est venu, un certain Andy. Il s'extasia devant cette scène horrible, sans bouger le petit doigt ! Après avoir quitté un fou, je me retrouvais dans un asile d'aliénés.

Là encore, j'aurais préféré rester dans mon coin, chez mon Maître…

**

Malgré tout le respect que j'étais obligé de lui porter, je savais que mon Maître était complètement tordu, fêlé. Un allumé complet, il avait même scarifié son nom sur un coin de ma peau, comme le cochon.

Décorateur à ses heures, on lui avait demandé de réaliser la vitrine d'un grand magasin afin de lancer une nouvelle marque de parfum appelé « Fracas ». Le jour du lancement, mon Maître n'avait toujours pas réalisé la décoration. Sommé de s'expliquer, puisque déjà payé pour sa prestation, mon Maître, à peine arrivé, avait balancé un pavé dans la vitrine : « Vous vouliez du fracas ? Voilà, c'est fait ! » s'était-il violemment justifié auprès de la police, qui l'avait conduit au poste, enfermé dans une cellule et condamné à rembourser la vitrine brisée.

Une autre fois, mon Maître s'est baladé avec une voiture remplie de choux-fleurs. Une fois encore, il a mis sa tête dans la mâchoire d'un requin. Tout le monde lui pardonnait ses fantasmes et délires, ses déclarations fracassantes. En réalité, les gens en avaient par-dessus la tête des parasols bariolés, des bouteilles vides et des guitares cubistes de certains Monet, Cézanne et Braque. Braque ? Encore un déséquilibré !

Moi, je ne pardonnais rien, je ne voyais qu'un cerveau encombré et sacrément mal rangé ! Un taré délirant, crétin de surcroît, qui avait laissé Solibubuleta changer une roue, un soir de pluie, mon Maître ne voulant pas prendre le risque d'abîmer ses doigts.

Malgré les trop fréquentes brimades, l'isolement et ses violentes colères, c'est grâce à mon Maître qu'a commencé mon existence, je le sais, je le sens, il vibre encore en moi. Avant, il y a longtemps, malgré ses maltraitances, il me disait que j'étais le centre du monde, de son monde. Mais quand il a jeté son dévolu sur une gare, il m'a tout simplement oublié, l'enfoiré.

Alors je m'y suis fait, et après des années d'introspection j'ai enfin découvert qui je suis. J'ai enfin trouvé ma voie, je suis de nouveau le centre du monde. Pour n'importe quel autre, il aurait fallu des années de thérapie pour revenir d'aussi loin. Pour moi, il a suffi que le regard des autres change sur moi. Maintenant, les gens me respectent et m'admirent. Je suis de plus en plus beau en prenant de l'âge, certainement grâce à mon charme « énigmatique ». On dit que je suis devenu un symbole des plus mémorables du siècle.

Alors, regardez-moi enfin ! Je suis un artefact, même si mon expression n'est qu'immobilité, j'en jette un max ! Admirez le fond de mon paysage méditerranéen, les rochers durs, secs et ensoleillés qui se détachent sur l'azur du ciel et de la mer. Observez mes trois montres molles ! Elles sont posées, comme de vieilles serviettes, sur un arbre mort, une table et une étrange créature de type mollusque, qui n'est rien d'autre que le portrait de mon Maître, de profil avec ses longs cils.

Toute sa vie, mon Maître a évoqué sa phobie des insectes, mais surtout des fourmis : elles dévorent tout et symbolisent, pour lui, la décadence, l'éphémère, la pourriture. C'est peut-être pour cela qu'il me détestait autant, car ici elles s'attaquent, comme dans le film de science-fiction de Kubrick, à la quatrième montre – qui, elle, est en or et la seule à être dure.

Mon Maître n'a donné que de rares explications à mon sujet, comme un enfant illégitime qu'on ne veut pas reconnaître. Je devais lui faire peur, une sorte d'attraction-répulsion qui provoquait ses crises de folie à mon encontre.

Il paraît qu'à travers moi, mon Maître a voulu démontrer notre finitude, sujet de panique pour son esprit dérangé. À la dureté des rochers, il a opposé la mollesse des montres plongeant ceux qui m'admirent désormais dans une sorte de méditation sur la fuite du temps. Cette opposition évoque la dualité de l'homme : la putréfaction, la mort et le temps qui passe pour le mou et les fourmis, face à la stabilité des rochers, refuge et lieu de rêverie et d'inspiration, pour le dur… Je ne sais pas si ça vous parle, mais moi, pas du tout.

Désolé d'entrer dans autant de détails sur mon histoire avec ce fou furieux salement tourmenté, mais je la connais maintenant par cœur. C'est grâce au guide, qui reste désormais bien souvent près de moi et raconte mon histoire aux nombreuses personnes qui m'admirent. Après des années en ces lieux, j'ai fini par apprendre leur langue, l'anglais. Je suis au Museum of Modern Art à New York depuis 1934. Cela fait plus de quatre-vingts ans… Toute une vie d'incertitudes, de questionnements, de peurs, d'angoisses, jusqu'à ce que ma beauté soit enfin révélée, comprise par le monde entier. On m'a dit que ma vie n'est pas humaine, je peux vivre des siècles et des siècles. Si c'est enfin dans la reconnaissance, et au travers des regards passionnés et enthousiastes que l'on me porte dans ma nouvelle vie, moi je veux bien. Je n'ai plus aucune raison de vouloir décrocher, lâcher prise.

Mon guide raconte aussi que je suis l'œuvre la plus explicite des angoisses de mon Maître, l'opposition du dur et du mou, de la vie et de la mort.

Le dur c'est la forme, la structure, le squelette. Le mou, c'est l'informe, c'est l'angoisse, ce sont les épinards.

Oui, oui, vous avez bien lu, ce sont les épinards ! Vous comprenez maintenant ce que j'ai enduré avant d'être enfin une star.

Je suis une huile sur toile, un tableau, mon Maître m'a appelé *La persistance de la mémoire*. Je l'ai appris quand j'ai commencé à comprendre l'anglais et que mon guide venait de plus en plus souvent me complimenter devant un public médusé, stupéfait parfois.

Par contre, je n'aime pas quand mon guide raconte ma genèse. Un soir où il était seul et légèrement malade, mon Maître désira manger quelque chose et se rendit dans la cuisine. Il tomba sur un camembert coulant qui frappa son imagination, suscitant une réflexion sur le rôle du dur et du mou. Vous imaginez, me comparer, moi *La persistance de la mémoire* à un vieux camembert coulant décrépit ! Heureusement que je n'ai pas appris cette anecdote pendant ma longue période de dépression ! Je n'aurais pas hésité une seconde à me laisser tomber au sol !

Encore heureux qu'il n'ait pas peint un camembert coulant sur moi ! Je l'aurais craquelé immédiatement et terni ses couleurs ! Mais j'ai de la chance, il paraît qu'il a dessiné des côtelettes sur l'une de mes sœurs, *L'énigme de Guillaume Tell* et même sur l'épaule de Solibubuleta, la pauvre… Ce type était juste détraqué.

J'ai échappé au camembert et aux côtelettes. Quel soulagement. Depuis que je l'ai appris, je me dis qu'il y a tableaux plus malheureux que moi. Elles ont dû se battre pour se faire comprendre du grand public, ces pauvres toiles.

Mon Maître, lui, est mort depuis longtemps. Il paraît que l'atelier, le chevalet sur lequel il m'a posé lorsque je naissais, sa canne posée contre la chaise, n'a plus rien de la superbe d'antan et que sur le tard, mon Maître a transformé sa demeure en une arrière-cour de ferrailleur vieillissant.

Pauvre vieux fou tyrannique ! Pendant tant d'années, à cause de toi, j'ai eu le sentiment de ne rien avoir vécu ! Il fallait juste me rassurer, m'expliquer qui j'étais et que surtout ma beauté n'était pas encore comprise de tous ! Tu m'as aimé et torturé à la fois, j'ai souvent senti, ici comme dans ton atelier, que ma fin était proche, qu'on allait me décrocher de ce clou ! Combien d'années il aura fallu pour qu'on me reconnaisse en tant qu'œuvre ? Et que l'on m'aime ou me déteste m'est égal, aussi longtemps que je ne laisse personne indifférent ! J'ai failli me craqueler mille fois ! Et tout cela à cause de toi ! Vieux dingo !

« Oui, je suis fou ! » s'était écrié mon Maître, une fois encore où il voulait m'éventrer. « Mais la seule différence entre un fou et moi, c'est que je ne suis pas fou ! ».

L'autre jour, un visiteur qui semblait important s'est confié à moi. Il m'a dit : « Ton maître a créé le concept de paranoïa-critique, de construction délirante artistique. Grâce à Freud auquel il portait une admiration sans limites, ton Maître considérait la paranoïa comme une faculté créatrice dont il voulait tirer tous les bénéfices. »

Je ne comprenais pas trop et, à cause de mon immobilité, je ne pouvais lui transmettre mon sentiment de perplexité. Toutefois, il sembla me comprendre et ajouta : « Ton Maître, c'était juste le visionnaire du buzz, il n'a jamais été fou ! »

Même si j'ai 84 ans aujourd'hui, je ne connais pas grand-chose en dehors de moi-même et de ces quatre longs murs que je regarde à longueur de journée depuis des années, alors je me permets une question : *c'est quoi le buzz ?*

UNE TISANE POUR MAU

Marie-Sophie KESTEMAN

En ce lundi matin, la brise me semblait particulièrement fraîche. Je resserrai l'écharpe pourpre autour de mon cou alors que les bourrasques s'insinuaient désagréablement sous mon manteau. Le temps était maussade et les rares passants arboraient une mine mortuaire. J'eus beau scruter leur visage, je n'y discernai pas l'esquisse d'un sourire, ni même d'un rictus. Tous avançaient fiévreusement, le regard au ras du sol. Aucun d'eux ne pourrait satisfaire ma soif grandissante et je sentis les ténèbres envahir à nouveau mon cœur.

— Adam, ne t'approche pas de la route ! s'écria une jeune femme en tirant un gosse par le col de son pull.

J'observai le gamin avec envie. Le sang des enfants était bien plus désaltérant que celui, fade, des adultes. Un frisson parcourut mon échine. Je me sentais si mal ; comme si j'agonisais de seconde en seconde. Cependant, contrairement aux humains qui arpentaient la rue marchande où je me promenais, je pouvais agoniser une éternité durant. Cette soif sempiternelle nous poussait inlassablement, nous, les vampires, à nous abreuver du sang des hommes.

Le sang n'est pas particulièrement savoureux. Et à dire vrai, la plupart d'entre nous ne supportent pas le goût ferrugineux de ce torrent rubis. Cependant, nous en avons besoin. Infiniment besoin. Pour calmer notre agonie. Beaucoup d'humains sont fascinés par la société vampirique, par nos facultés, mais le statut de vampire est bien pire que la mort elle-même. Chaque jour, nous souffrons. La soif nous déchire le cœur. C'est alors que nous nous mettons en chasse. Pas par plaisir, mais par nécessité.

Le véritable problème de notre espèce ne réside pas en une soif de sang incoercible, mais bien en un état de profonde dépression. Les vampires sont, par nature, incapables de dénicher la moindre once de bonheur ou même de sérénité dans leur propre vie. C'est pour cela que nous traquons les humains, que nous nous abreuvons de leur sang. Leurs veines charrient leurs espoirs, leur joie, leurs souvenirs, et nous les leur extorquons. Nous ne nous réjouissons pas de la douleur et de la détresse que nous leur infligeons. Nous n'apprécions pas ce que nous faisons, mais ces quelques bribes de bonheur nous sont indispensables. Nous n'aimons pas le sang, il nous rend *addicts*.

La souffrance qu'apporte l'absence complète de positivité, d'amour ou de souvenirs gais est à peine imaginable. Aucunement surmontable. Le trépas est une punition bien plus douce que le vampirisme. Ces ténèbres qui s'infiltrent au sein de mon cœur, cette solitude qui s'éprend de mon corps, ces douleurs lancinantes dans mes membres, je ne les supporte plus. Je n'ai jamais eu peur de mourir, mais j'ai toujours eu peur de vivre.

Je m'arrêtai à l'échoppe d'un pauvre bougre qui hurlait à tue-tête pour attirer l'attention des passants sur ses hot-dogs. Emmitouflé dans un épais manteau, l'homme me jeta un regard reconnaissant par-dessus l'épaisse écharpe de laine qui lui ceignait le cou. Seuls ses yeux et son nez rougis par le vent mordant étaient visibles.

— Moutarde, je vous prie.

— Bien entendu, Monsieur, acquiesça-t-il d'une voix nasillarde.

Le sang qui affluait sous sa peau nue me donna la nausée. Je détournai le regard, concentrant mon attention sur une petite fille qui longeait les façades grises de la ville. Elle semblait seule. Une salive amère monta dans ma bouche. Le sang des enfants était bien plus jouissif que celui des adultes. Surtout par ce temps maussade. Les gosses ne se préoccupaient pas de la météo, ils erraient dans un monde idéal où ils pouvaient rêver paisiblement, sans se soucier des problèmes de la vie. Les enfants étaient merveilleux. Ils créaient leur bonheur seuls. Là où celui des adultes tenait au bien-être familial, au travail, à la société, le bonheur infantile tenait à tout : au rayon de soleil qui dessine des arcs-en-ciel sur les vitres, à l'oiseau qui picore le pain qu'on lui jette, ou encore à une peluche duveteuse. La joie des enfants était sans tache. Pure.

La fillette avançait le regard baissé, le long des murs. Ses habits étaient sales et leurs accrocs n'avaient pas été raccommodés. Je jetai un regard discret aux alentours. Elle semblait être seule. L'enfant obliqua soudain dans une ruelle adjacente. Quelle imprudence. N'écoutant que l'obscurité qui emplissait mon cœur, je me détournai de l'échoppe, le regard avide.

— Monsieur, votre hot-dog ! s'écria le vendeur.

Irrité, je plongeai la main dans ma poche et en sortis un billet que je lui tendis. Au sifflement qu'il laissa échapper, je conclus que la somme était bien trop importante pour sa marchandise. Peu importait.

— Gardez tout.

— Mais…

Je ne lui laissai pas le temps de terminer son objection, attrapai le hot-dog qu'il me présentait et me précipitai dans la ruelle. Je m'engouffrai dans les ténèbres qui en envahissaient le boyau étriqué et scrutai la pénombre. L'allée était déserte.

Merde !

Alors que je me détournai pour regagner la rue principale, un grondement sourd retentit dans l'épais silence. Je fronçai les sourcils et baissai le regard. Entre deux containers débordant d'ordures, la fille fixait avec envie le pain que je tenais encore à la main. Son estomac gronda à nouveau et une grimace déforma un instant ses traits poupins. Je m'approchai d'elle.

— Si tu veux, je te donne ce petit sandwich, lui proposai-je d'une voix caressante.

Les yeux azur de la fillette étincelèrent lorsque je lui remis le hot-dog encore fumant. Elle mordit généreusement dans le pain tendre et un sourire s'épanouit sur ses traits. Sous la crasse couvrant son visage, on la devinait adorable.

Elle ne broncha pas tandis que je soulevai son bras malingre. J'approchai mes dents acérées de sa peau, qu'elles transpercèrent avec aisance. La morsure n'était pas douloureuse. Ce qui était intolérable pour les humains était de sentir leur bonheur être avalé. Il leur échappait alors qu'ils tentaient vainement de s'y agripper.

Je réprimai un frisson lorsque le sang de la fillette s'insinua entre mes lèvres. Ce goût ferrugineux me dégoûtait de façon indescriptible, mais je m'astreignis au calme ; rapidement, les souvenirs sucrés de l'enfant jailliraient dans mon esprit, me laissant oublier le bouquet infect de son sang.

Cependant, les souvenirs qui assaillirent mon âme avaient un goût âcre et ne purent que renforcer mon mal-être. Je m'écartai vivement de la petite, le regard hagard. Toutes les émotions que je pus drainer d'elle n'étaient que des essences de peur, de tristesse ou de douleur. La seule once de bonheur résidait en ce sandwich chaud que je venais de lui offrir. La fillette me dévisagea de ses yeux pénétrants, comme si elle lisait en moi, et je frémis. Son regard me sembla soudain trop perspicace pour une enfant de son âge.

— Tu es un vampire, dit-elle d'une voix enfantine.

Je ne répondis pas alors qu'elle engloutissait le dernier morceau de saucisse et se léchait les doigts. Elle n'avait pas peur. Elle avait connu des abominations bien pires que moi, je le savais, je l'avais vu.

— Quel âge as-tu ? demandai-je, le souffle court.

— 4 ans.

Elle continuait de m'observer et se rapprocha soudain de mon visage.

— Je peux voir tes dents ?

Sans prévenir, elle tira sur mon menton et plongea son regard dans ma bouche entrouverte. Elle fronça les sourcils et me décocha un regard attristé.

— Tu as perdu tes crocs.

Je souris malgré moi. Au fond, elle demeurait une enfant.

À cet instant, je pris sans doute la décision la plus improbable de mon existence. Alors que la petite fille triturait mes canines à la recherche d'attributs que je ne possédais pas, je la soulevai dans mes bras. Son petit corps tiède me réchauffa le cœur de façon fugace.

Ce jour-là demeurera à jamais gravé dans ma mémoire.

Cette fillette allait devenir ma plus grande force, mais aussi ma plus grande faiblesse, celle qui causerait ma perte.

— Je te prends avec moi.

*
**

— Je peux vraiment vivre avec toi ? Ici ? souffla la fillette, le regard prudent alors que je l'invitais à entrer dans ma demeure.

Elle caressa le mur en bois précieux, les yeux brillants.

— Bien entendu. Mais avant tout… Quel est ton nom ?

La fillette ne semblait pas m'écouter. Elle dévorait les pièces d'un regard avide, s'émerveillant devant la luxueuse bâtisse. Elle se retourna brusquement, gênée, lorsque je réitérai ma question.

— Mau.

Je lui décochai un sourire bienveillant.

— Bienvenue chez toi, Mau.

À mon grand désarroi, les yeux de la petite fille se remplirent de larmes. J'agitai stérilement les bras.

— Pourquoi pleures-tu ? J'ai dit quelque chose de…

Elle secoua vivement la tête, me lançant un regard bravache.

— Je ne pleure pas.

Je haussai les sourcils, surpris par la détermination qui suintait de son vocable.

— Très bien.

— Comment tu t'appelles, toi ?

Je baissai le regard. Je n'avais pas de nom. Je n'avais plus de nom. Au cours de ces siècles d'existence, je l'avais oublié.

— Je n'ai pas de nom.

La petite fille tira sur mon pull, m'incitant à m'accroupir, et plongea la main dans mes cheveux blonds qu'elle caressa doucement.

— Ce n'est pas grave, ne sois pas triste. Je vais t'appeler Lili.

Je souris. Ce nom avait une connotation féminine manifeste, mais je ne le lui signalai pas. Je pris la petite main de la fillette dans la mienne et l'entraînai en direction de la salle de bains. Mau ouvrit de grands yeux ravis en découvrant la pièce de marbre. Elle écouta avec délice l'eau qui s'écoulait dans la baignoire. Sous la pellicule de poussière qui recouvrait son visage, je devinai ses joues roses de plaisir. Une chaleureuse onde d'énergie raviva soudain mon cœur, chassant les ténèbres qui l'assiégeaient. Je suffoquai. Cette sensation était enivrante. Elle ressemblait à s'y méprendre au bonheur que j'aspirais hors du sang humain, plus puissante et infiniment plus délicieuse.

— Lili, tu as de la mousse ? souffla la fillette tandis que je me ressaisissais.

Je secouai faiblement la tête, attristé. Les vampires ne trouvaient aucun plaisir à agrémenter leurs bains de ce genre de chose. Une ombre de déception ternit un instant ses iris bleus avant qu'elle ne m'adresse un sourire rayonnant.

— Je n'en ai pas besoin, s'exclama-t-elle.

Au fond de moi, quelque chose se brisa, libérant dans ma conscience des instincts que je pensais depuis longtemps éteints. Je m'approchai d'elle et tapotai ses cheveux poisseux.

— Quand tu seras lavée et habillée, nous irons en chercher. Comme ça, tu en auras pour ce soir, d'accord ?

Mau leva un regard enchanteur vers moi et hocha vivement le menton.

Ce jour-là, j'avais gagné une fille. Le remède à mes maux.

Mais il existe toujours une faille par laquelle s'infiltrer et tout détruire.

**

Cette nuit-là, je veillai tard. Mau était de sortie. Il était près de minuit et elle n'était pas encore rentrée. « Lili, tu m'as encore attendue ! Tu ferais mieux de dormir ». C'est ce qu'elle dirait. Ce qu'elle aurait sûrement dit.

Je n'aimais pas qu'elle sorte tard le soir. Il y avait trop d'immondices dans le cœur des hommes à cette heure. Mais elle était sortie. Elle n'avait que 17 ans.

Lorsque la sonnette de l'entrée retentit, je patientai quelques instants. Pour qu'elle n'imagine pas que j'attendais derrière la porte avec anxiété. J'ébouriffai mes cheveux et pris un air endormi. Et j'abaissai la poignée de la porte. J'aurais dû regagner ma chambre à cet instant. Ne pas ouvrir. Car ce n'était pas Mau qui se trouvait sur mon seuil, mais deux policiers.

J'abandonnai mon air taciturne.

— Messieurs ?

Les hommes ôtèrent leur képi. Je ne compris pas immédiatement. Je n'étais plus humain depuis longtemps. Trop longtemps.

— Vous êtes Monsieur Lili ?

— C'est bien moi.

— Vous êtes le père de Mau Lili ?

C'est lorsque je détectai le malaise du commissaire que je compris. Il ne s'était pas présenté. Pourquoi ne s'était-il pas présenté ? Les humains se présentaient toujours, n'est-ce pas ? Alors pourquoi lui ne voulait-il pas le faire ?

Je voulus refermer la porte, mais le pied du policier se cala dans l'embrasure.

— Monsieur, c'est au sujet de votre fille.

J'agrippai la poignée avec force, mais ma main glissa. Le policier entra. Je ne sentais plus mes pieds. Mon corps tout entier était parcouru de soubresauts incontrôlables et de fourmillements insupportables. Ma fille ? Mau ? Où était-elle ? Elle ne devrait plus tarder.

Je regardai l'homme de loi qui pénétrait dans le hall d'entrée. Je m'entendis lui proposer un thé. Je l'entendis refuser. Sa voix me parvenait comme au travers d'une épaisse couche d'eau. Une eau trouble et nauséabonde.

Que disait-il ? Je ne parvenais pas à comprendre. Il parlait d'un corps dans un parc. Dévêtu. Scarifié. Elle s'était débattue. Mais de qui parlait-il ? Pourquoi venait-il me parler de tout ça ? Je n'avais pas envie de l'entendre. Le policier s'assit avec raideur sur le canapé. Celui dans lequel Mau regardait toujours ces séries américaines qu'elle aimait tant. Et qui m'exaspéraient. Parce que le scénario en était ridicule. Parce que les acteurs criaient toujours.

Je proposai à nouveau un thé au commissaire. Il soupira. Tout à coup, il me sembla las.

— Vous comprenez ce que je vous explique, Monsieur Lili ?

— Vous ne voulez vraiment pas un thé, Messieurs ? répétai-je d'une voix blanche.

— Monsieur, assena le policier en abattant ses mains sur ses genoux. Votre fille est morte. Elle ne reviendra plus.

C'est à cet instant que je les sentis à nouveau. Les ténèbres. Leur désespoir qui déferlait en moi. Ma respiration s'accéléra.

— Sortez, m'écriai-je. Sortez !

Je ne m'assurai pas qu'ils obéissaient. J'avais trop mal. Est-ce que la noirceur avait jamais été aussi douloureuse ? Je ne pouvais plus respirer. L'air me brûlait la gorge. Le sang qui coulait dans mes veines semblait incandescent.

Et cette nuit-là, les ténèbres m'engloutirent.

⁂

Un filet de buée s'extirpait de mes lèvres. Il faisait glacial. La table de nuit, contre mon dos, me faisait mal. Mais je m'étais caché aussi loin que possible des vitres.

Les fenêtres étaient closes. Les portes fermées à clef. Les rideaux tirés. C'était futile. Il parvenait toujours à rentrer. Cela faisait bientôt deux ans que j'essayais de me débarrasser de lui. J'avais déménagé. Il m'avait retrouvé.

Des perles de sueurs dégouttèrent de mes tempes alors que je scrutais les carreaux sombres entre les tentures. Il était peut-être déjà là, à m'observer et à rire.

— Viens, viens ! chantonnai-je, la voix lugubre. Viens prendre une tisane.

J'avais eu la vie que tout homme rêvait d'avoir. Un poste de P.-D.G., la richesse, le pouvoir, une femme magnifique et deux beaux garçons. Ils fêteraient bientôt leurs 16 ans. Mais je n'avais plus de contact avec eux depuis longtemps. Ma femme les avait emmenés lorsqu'elle s'était enfuie. Je leur faisais peur. « Fermente avec ta folie, et ne nous approche plus ! », m'avait-elle craché à la figure en claquant la portière de la voiture.

Et depuis, la situation n'avait fait qu'empirer.

Il venait toutes les semaines, lorsque les ténèbres s'étaient installées. Il apparaissait subitement dans la pièce, en silence, et me regardait longuement. Il semblait savourer le spectacle pitoyable que je lui offrais.

J'aurais pu vivre avec, si ses visites avaient été régulières. Mais chaque semaine, il venait un jour différent, à une heure différente. Lors de notre première rencontre, j'avais vu en lui un voleur pris au piège. Je m'étais trompé. Il était un monstre. Et j'étais celui qui avait été pris au piège.

Je jetai un coup d'œil à l'horloge. Les aiguilles paraissaient tourner à l'envers.

Un nouveau regard aux carreaux trop sombres. J'aurais dû éteindre la lumière. Mais j'en étais incapable. Les ténèbres m'effrayaient. Je ne voulais pas voir sa silhouette dressée contre la fenêtre. Je savais qu'il m'observait. Je sentais le poids de son regard sur moi.

— Viens, viens, ricanai-je. Viens prendre une tisane.

Les battements sourds de mon cœur semblaient envahir la pièce. L'expectative était la pire des tortures. Et il le savait. Il s'en réjouissait.

Je massai distraitement mon poignet couvert de cicatrices. Un long frisson m'agita. Je pouvais encore sentir mon sang fuir mes veines. C'était douloureux, au-delà de ce qui était imaginable. Une souffrance atroce. Horrifiante. Et qu'il voulait éternelle.

Je me recroquevillai d'instinct contre le lit. Ce ne pouvait être qu'aujourd'hui. Le dernier jour de la semaine. Je savais qu'il viendrait. Il n'y manquait jamais. Cela faisait six jours que je ne somnolais qu'à peine. Je n'en pouvais plus. Je voulais mourir. Mais il ne le permettrait pas. Et ce n'était pas faute d'avoir essayé.

— La tisane, la tisane, marmonnai-je en brandissant mon coutelas au-dessus de mon visage. Viens, viens prendre.

Quelque chose grinça dans la maison. Trop grande. Trop froide. Un caveau. Le mien.

J'avais l'impression de le voir partout derrière les vitres. Au travers des rideaux. À tout moment, une main pouvait surgir de sous le lit et m'agripper la cheville. Me tirer au-dessous.

— Camomille, tilleul, bleuet, prends ce qu'il te plaît ! hurlai-je soudain vers les fenêtres.

Un spasme m'écrasa l'estomac et je m'esclaffai à gorge déployée. La sueur me piquait les yeux. Un goût de sang explosa dans ma bouche. Je m'étais mordu la langue.

Je crachai la salive sanglante dans ma main et ris de plus belle. Je tendis ma paume vers le plafond.

— Regarde ! J'ai commencé sans toi !

Les fenêtres étaient closes. Les portes fermées à clef. Les rideaux tirés. Mais il viendrait. Il parvenait toujours à entrer. Mais les ténèbres restaient dehors. C'était un monstre. Une abomination.

— La tisane, la tisane, ânonnai-je en me redressant.

J'avais envie de rire. Et de hurler. De fuir. Et d'abandonner.

Le vent soufflait fort au-dehors. Les branches griffaient les carreaux de leurs doigts acérés. Un orage se préparait. Mais je n'avais pas peur du tonnerre et de la foudre. Je savais maintenant qu'il existait des choses dans ce monde qu'il fallait redouter plus que le ciel et la nature. Des créatures contre nature. Des monstres, qui n'avaient rien à voir avec la sombre imagination des hommes.

— Viens, viens.

Je me traînai jusqu'à la cuisine. Je ne regardai pas les fenêtres. Il me suivait le long de la façade. Il me traquait. Je le sentais. Dans mes tripes, sur ma peau. Des cadavres de repas auxquels j'avais à peine touché jonchaient le plan de travail. Je les balayai au sol d'un ample geste du bras et sortis une tasse.

— La tisane, la tisane.

La théière se mit à siffler. Et je versai son eau bouillante dans la porcelaine. Elle m'éclaboussa la main. Me brûla les doigts. Mais je ne prêtai attention qu'à la rengaine des éléments déchaînés au-dehors.

— La prendre, la prendre. Viens, viens. Viens prendre une tisane.

Je regagnai ma chambre. La tasse demeura dans la cuisine. Il la boirait quand elle aurait refroidi. Comme toujours.

Je me laissai tomber au sol.

Les fenêtres étaient closes. Les portes fermées à clef. Les rideaux tirés. Mais il viendrait. Il parvenait toujours à entrer.

J'enserrai mes genoux de mes bras et commençai à me balancer sur mes fesses. D'avant en arrière. Doucement. Ça me calmait.

La tasse fumait toujours dans la cuisine. Je la voyais. Les volutes de fumée, brûlantes, déformaient le mur en arrière-plan. Il allait venir.

La moquette empestait. Je lorgnai les fenêtres ténébreuses de la chambre. Il était quelque part dehors. Sous la pluie qui avait commencé à tomber et qui martelait les carreaux crasseux.

Un éclair déchira la toile sombre du ciel. Mon hurlement se transforma en un rire sauvage. Ça n'avait duré qu'un instant. Moins longtemps qu'un battement de cil.

— La tisane, la tisane.

Il était là. Sa lugubre silhouette se découpant sur le ciel tout à coup trop clair. Il avait toujours ce même sourire. Ce sourire de charognard. Un sourire plus glacial encore que la mort. Plus vorace.

Je plaquai mes mains sur mes oreilles alors que le lourd grondement du tonnerre tombait sur la ville. Irrévocable.

J'avais peur d'ouvrir les yeux, alors je continuai de rire. Pour couvrir le son de la porte-fenêtre qui s'ouvrait. Pour couvrir le son de ses pas détrempés sur la moquette.

— Viens, viens. Viens prendre la tisane, ricanai-je.

Je sentis ses mains glacées saisir mon poignet. Il ne dit rien. Il ne disait jamais rien. Il se contentait de sourire. De ce sourire horrible, plus glacial encore que la mort.

Les fenêtres étaient closes. Les portes fermées à clef. Les rideaux tirés. Mais c'était futile. Il était là. Il parvenait toujours à entrer.

Son souffle frôla mon poignet.

— La tisane, la tisane.

Et ses dents transpercèrent ma chair. Je hurlai. De toutes mes forces. Je me débattis.

La porte était ouverte. Grande ouverte. Et les ténèbres m'engloutirent. À nouveau.

Il draina hors de mes veines les minces bribes de joie que je conservais encore. La douleur fut cuisante. Affreuse. Inimaginable.

— Tuez-moi, soufflai-je alors qu'il me laissait tomber au sol. Tuez-moi. Je vous en supplie.

Alors, pour la première fois, il m'adressa la parole.

— Te tuer ?

Sa voix était comme désincarnée. Elle semblait appartenir à un homme qui aurait vécu des millénaires auparavant. *La tisane, la tisane.*

— Tu m'as arraché le cœur, il y a vingt-cinq ans. Tu m'as pris Mau.

J'ouvris un œil fiévreux. Son manteau aux couleurs de la nuit dégouttait sur le tapis. Son regard était comme fou.

— Mau ? répétai-je tout haut.

Ce mot n'avait aucun sens pour moi. Son regard flamboya. Il m'agrippa par le collet et me souleva de terre. Ses yeux étaient d'un brun profond. Il colla son visage émacié tout près du mien.

— Je parie que tu as même oublié son visage.

Ses doigts se crispèrent sur mon tee-shirt délavé.

— Tu avais 20 ans. Elle en avait 17. Tu as agressé ma fille. Tu lui as volé sa vie.

Au cœur des brumes de ma conscience, un visage se matérialisa. Des yeux aux couleurs du ciel. Une tignasse sombre. Mais les traits restaient flous. J'avais trop bu ce soir-là. Plus que j'aurais dû. Puis les choses avaient mal tourné. Et je m'étais enfui. J'avais même fini par oublier.

Je ris. Je comprenais enfin. Le monstre me jeta au sol avec violence. Ma tête heurta durement le plancher.

— La tisane, la tisane.

— Alors, te tuer ? Jamais. La mort te serait bien trop douce.

Il se dirigea vers la porte-fenêtre et se tourna une dernière fois vers moi, avant de disparaître dans la nuit.

— Tu as oublié le visage de Mau… Je ferai en sorte que tu n'oublies jamais le mien.

Et il se volatilisa.

Les fenêtres étaient closes. Les rideaux tirés. La fenêtre était ouverte.

Il n'était plus là.

Je roulai sur le dos et ricanai. Mon regard était hagard. Je fixai le plafond sans le voir.

— Il a oublié sa tisane.

Et je ris. Je ris jusqu'à en avoir mal aux côtes. Il avait raison.

La folie était bien plus douloureuse que la mort.

LA PETITE VICTOIRE

Olivier LEROUGE

12 septembre 2010 – Bamako, Mali.

Il est 13 heures. Exactement 13 h 04. Je viens de le lire sur la jolie montre de mon ami le docteur Rouchaud. Il est assis en face de moi et termine avec un plaisir non dissimulé ce bœuf bourguignon qui, bien qu'approximatif, reste sans conteste le meilleur de Bamako. Il le savoure, il me sourit. Je le regarde sans savoir encore que ce sourire-là, je ne l'oublierai jamais.

Le restaurant est plein. On y entend du français bien sûr, mais aussi de l'anglais, du danois et d'autres langues du nord de l'Europe. Nous sommes assis à une petite table, un peu sur la gauche de la baie vitrée de ce restaurant français de la rue de Bougouni, en plein centre de Bamako. Le serveur s'approche, sans doute pour ramasser nos assiettes et prendre notre commande de desserts. J'avais pensé à une crème brûlée, car, je dois l'avouer, c'est ma petite faiblesse, mais le serveur n'a pas le temps d'ouvrir la bouche. Son regard se fige sur la rue.

Un bruit assourdissant retentit. C'est un moteur. Une masse sombre s'abat sur nous telle une tempête. Elle traverse la baie vitrée du restaurant et s'encastre dans nos vies. C'est un véhicule blindé qui vient de balayer en une seconde la moitié de la salle du restaurant. Les vitres sont pulvérisées et je sens mon visage et mon bras gauche se faire lacérer. La brûlure est insupportable, ainsi que la vue du carnage autour de moi. Ceux qui ne sont pas déjà morts crient de douleur. Des hommes armés et cagoulés sortent du véhicule, courent dans la salle, renversent les rares tables encore debout. Je ne sais pas ce qu'ils cherchent. Ils achèvent d'une balle dans la tête des blessés gisant au sol. Ils attrapent par le bras quelques hommes valides et les poussent à l'arrière du véhicule qui commence déjà à reculer. Je me dis que ça va aller. Ils s'en vont. Je pense que je vais vivre. Mais une main gantée m'arrache à ma torpeur en saisissant mon bras criblé d'éclats de verre. On me soulève du sol tel un pantin et me balance avec les autres à l'arrière du 4x4. Le véhicule vrombit, s'extrait du restaurant en reculant vivement, me laissant juste le temps de voir au sol, sous ses roues, mon ami le docteur Rouchaud et son thorax écrasé. Sa vie s'est arrêtée net, la mienne vient de basculer dans la violence, la peur et la folie.

**

Novembre 2010, vers le 20.

Je ne sais pas où nous sommes. Certainement encore au Mali, vers Gao, ou peut-être sommes-nous passés au Niger. Nous sommes quatre otages. Je suis le seul Français. Les trois autres sont britanniques. S'ils n'étaient pas avec moi, je serais certainement déjà mort. On veille les uns sur les autres. On se regarde dans les yeux. Tout le temps. Car on sait tous que si l'un d'entre nous lâche, on est foutu. Le plus dur, c'est quand nos terroristes nous séparent. Ils nous changent de cave parfois, ils ont peur qu'on complote et qu'on cherche à s'évader. Je suis fier, je les regarde droit dans les yeux et je ne me laisse pas faire facilement. Je n'ai aucune chance, mais j'ai ma fierté d'homme et je veux qu'ils croient que je n'ai pas peur. Ça fait un peu plus d'un mois qu'on est là, je suis sûr que nos pays négocient et cherchent à nous libérer. Il faut juste tenir un peu encore. Je fais des pompes dans ma cellule le matin. Ils ne m'auront pas, ces salauds.

**

Juillet 2011

Je suis dans une grotte, dans le désert, au nord de Kidal, toujours au Mali. Il fait une chaleur infernale dehors, mais dans mon trou, il fait frais.

Je parle quelques mots d'arabe, je cherche à mieux comprendre ce qu'il se dit autour de moi, mais je suis loin d'y arriver. Nous ne sommes plus que trois otages. Phil s'est pendu le mois dernier. On n'a pas réussi à l'en empêcher. Il a fait ça en silence, pendant qu'on dormait, le fourbe. J'en pleure encore.

Autant me l'avouer, je n'ai jamais été aussi proche d'en faire autant. On sait très bien maintenant que tout le monde se fout de nous en Europe et qu'on ne nous libérera pas. J'imagine très bien les discours des politiciens, bien au chaud en conférence de presse, qui expliquent qu'on ne cédera pas au chantage des terroristes.

Je comprends la logique, mais, honnêtement, j'en ai rien à foutre : que la France leur file ce qu'ils demandent et qu'on me sorte de là, parce que moi, je ne vais pas tenir longtemps comme ça.

J'ai compris très tôt que mes ravisseurs ne me tueraient pas. En fait, avoir un otage européen, c'est une question de prestige. Je l'ai vu quand ils nous ont exhibés il y a deux mois, lors d'une rencontre avec un autre groupement terroriste. Un otage français ou britannique, ça a de l'allure, ça permet d'exister dans les médias, ça leur donne une dimension internationale et le chef passe moins pour un petit joueur.

✳✳

Octobre 2011

Il faut que je me sorte de là. J'ai une stratégie. Je suis intelligent, je suis infirmier et je comprends de plus en plus de choses sur mon environnement.

Celui qui me garde le plus souvent, c'est Adama. Un balaise de cent kilos que j'ai tout de même réussi à faire marrer l'autre jour. Je ne dirais pas que je l'ai attendri, mais j'ai établi un lien. Mon plan, c'est de les mettre en confiance, de gagner un peu plus de liberté chaque jour et d'essayer de m'enfuir au moment opportun. C'est un plan aussi naïf que dangereux, car dans le désert, je n'ai aucune chance. Mais quitte à mourir, autant le faire avec panache.

Décembre 2011

Je suis à terre, la gueule dans le sable et la cuisse déchirée par une balle. Je ne croyais pas qu'il le ferait, mais c'est mon copain Adama qui m'a tiré dessus. Je l'entends s'approcher en courant. J'ai connu trois minutes de liberté, tout juste trois minutes. J'y ai presque cru. Mon visage suinte sur le sable encore chaud malgré le soir qui tombe. Je sais qu'il ne va pas m'achever. Ils veulent me garder. Mais j'ai foiré.

J'avais gagné le droit de sortir de mon trou et de me dégourdir un peu les jambes, d'avoir un peu de dignité. Je me rendais même utile en faisant des bandages et quelques soins rapides. J'en profitais pour rapporter quelques objets à John et Patrick, mes deux amis d'infortune. Mais c'est fini, je suis au sol, comme un con. J'ai loupé mon coup et ça va me coûter très cher.

**

Le 5 février 2012

Je n'en reviens pas, c'est incroyable. Une joie profonde me saisit les entrailles. J'en tombe à genoux tellement je n'arrive pas à y croire. Le dirigeant lui-même nous annonce la nouvelle dans notre cellule. Un peu comme un chef d'État, cérémonieux, comme s'il avait toujours dû en être ainsi. Ils libèrent les Anglais !

J'ai à peine le temps de serrer fort dans mes bras mes amis, John et Patrick. On ne sait pas trop quoi se dire. Ils ont envie de me rassurer. Ça va aller, on va revenir te chercher, on va leur casser la gueule à ces abrutis, on va te libérer, toi aussi. Ils me disent tout ça dans leurs regards et je sais qu'ils sont sincères. Je suis vraiment heureux, même si j'ai mal au ventre et terriblement peur.

**

Avril 2012

Je suis seul depuis trois mois. J'essaye de ne pas oublier qui je suis. Ils sont venus me voir ce matin pour que je les aide à soigner un combattant. Je ne me suis pas levé. Je ne les ai pas regardés, je n'ai pas dit un mot. Un matin, il y a quelques jours, j'ai sombré dans le mutisme. Le silence est venu à moi comme une évidence. C'est un calme, une paix, une liberté, la seule qu'il me reste. Ça m'évite d'essayer de comprendre ce qu'il m'arrive. En fait, ma survie va venir de mon aptitude à m'isoler de tout. Je dois vivre dans un autre monde, dans celui que je choisis. J'ai essayé de m'échapper en m'impliquant : j'ai échoué. Je vais essayer de m'évader en me détachant de ce pays de merde. Je m'envole, je leur échappe. Je me soustrais à eux. Ils peuvent me battre, me faire mal. Ils ne me rattraperont plus.

*
* *

Mai 2012

J'aimerais être sourd, pour ne plus entendre leurs cris, les claquements de leurs fusils, leurs pas si lourds. Si me couper les oreilles avait pu m'isoler de leur folie, je l'aurais fait, je le jure. Ça fait plus d'un mois que je n'ai pas dit un mot. Lorsqu'ils entrent me donner mon maigre repas, je ne les regarde pas. Ils essayent tout : me parler doucement, me gueuler dessus, poser le canon parfois encore chaud de leurs fusils sur ma tempe. Mais je garde le regard éteint, tendu, vissé au mur en face de moi.

Je pense à un champ, vaste, généreux et vert de fraîcheur. Je pense à un champ sur une colline du Vercors, là où j'ai grandi. Je pense à l'herbe haute et à la terre fertile. Je me détache d'eux et je m'envole. Je ne me lève pas lorsqu'ils me le demandent. Ça énerve beaucoup Adama et l'autre abruti qui me garde parfois, Moussa, qui ne se gêne pas pour me latter les côtes à grands coups de pied lorsqu'il s'ennuie. Il est très bête, mais il frappe fort.

*
* *

Octobre ou novembre 2012

Je me suis habitué à mon silence, j'ai oublié le son de ma voix. De toute façon, j'ai oublié mon nom aussi. J'ai oublié d'où je viens, ce que j'aime et qui je suis. J'ai oublié les prénoms de mes enfants et les yeux de ma femme. Et tous ces oublis, je les ai décidés. J'ai tout effacé. C'est mon plan, ma stratégie, mon seul espoir. Je n'ai plus de passé ni d'avenir. Je ne tiens à rien, je ne suis que le poids de mon corps. Je veux devenir un fardeau pour eux, pour qu'un jour, ils m'oublient et me laissent. Je sais, c'est très peu probable, mais je n'ai pas d'autres idées. Je n'ai plus d'autres idées. Je ne fais plus rien pour eux. Je n'écris plus de texte en français, je ne fais plus de vidéo. Ils m'en ont fait faire une au début. J'ai pensé que ce serait bien pour ma famille, qu'elle puisse au moins me voir en vie. Maintenant, ils ont compris, ils ne me menacent même plus. Ils savent que je n'attends que la mort.

**
*

Fin 2012

Je ne pensais pas que ça leur ferait autant d'effet. Ils m'ont même montré à leur chef que je ne vois que très rarement. Ils m'ont traîné dehors, je ne pouvais pas ouvrir les yeux à cause du soleil. Ils lui ont montré mon crâne sanguinolent et croûté. Depuis un mois, je m'arrache les cheveux, petit à petit, un par un en fait, et parfois par petite mèche. Je ressens une vive douleur, suivi par un sentiment de victoire sur moi-même, de soulagement. Il m'arrive de saigner, je frotte un peu de terre dessus. Je le fais toujours du côté gauche et, même si je n'ai pas de miroir, j'imagine facilement mon crâne partiellement chauve et blessé. Je dois monter de plus en plus haut pour trouver de nouveaux cheveux à arracher. Je suis hideux en fait. Avec mon visage émacié et sale, mon crâne meurtri et toutes ces plaies sur mes avant-bras, je crois que je les dégoûte maintenant. Je suis devenu inutile et monstrueux, mon plan fonctionne. Je le paye cher, mais je suis plus futé qu'eux.

***

Février 2013

Je crie. De longs râles sombres qui sonnent dans la nuit. Parfois, ils viennent, et j'ai peur qu'ils me tuent. Mais je ne dois pas flancher, pas maintenant. Mon pays va venir me sauver, et moi, je dois être le plus pénible possible pour mes ravisseurs.

Les rôles se sont inversés. Ils font tout pour me maintenir en vie à présent, et moi, je fais tout pour leur faire croire que je suis déjà mort, fou, égaré, brûlé, vide. Ils me tondent les cheveux toutes les semaines, pour être sûrs que je ne me les arrache plus. Je m'ennuie, alors je crie. Je tape pendant des heures des cailloux et des bouts de bois contre la porte de mon trou. Moussa ne vient plus me garder. Je l'entendais grogner, il n'en pouvait plus. Seul Adama tient le choc. Il est fort, ce gars-là. Dans d'autres circonstances, j'aurais bien aimé parler avec lui, le connaître, savoir pourquoi il fait ça, djihadiste. À mon avis, pour lui, c'est un boulot comme un autre.

***

Juin 2013

Je suis parti. J'avance dans d'autres mondes où les goûts n'existent plus, où tout est délavé, où les couleurs meurent. Je subsiste du bout du cœur, replié sur moi-même, détaché de tout. Je ne comprends rien, je mange rarement et je me pisse dessus. J'ai supprimé tout ce qui faisait de moi un homme.

J'ai réussi : je ne vaux que mon faible souffle. Il n'y a que mes ravisseurs qui me trouvent encore de la valeur. Et encore, je vois qu'ils ne ferment même plus tout le temps la porte de ma geôle. Ils savent que je n'en ai plus pour longtemps à présent. C'est d'ailleurs étonnant que je sois encore en vie.

***

Fin juillet 2013

Le vent tourne. Des soldats ont quitté les rangs. Je pense que certains rejoignent une autre faction, un autre groupe avec des actions et une vraie stature internationale. Le chef est venu me voir. Je ne le regarde même pas. Je viens de comprendre : il veut que je lise un texte en français sur une vidéo. Il faut évidemment qu'il rayonne à nouveau, ce petit con. Je ne réponds pas, je ne suis pas là. Ils m'arrachent du sol et, à deux, me portent à la hauteur du regard de leur chef qui me gifle violemment en me gueulant dessus. On me traîne jusque dans une salle où se trouvent un grand drapeau blanc, des hommes en cagoule et une caméra. Je m'écroule au sol et me résous déjà à ma mort imminente. J'espère ne pas trop souffrir. Je suis fatigué d'avoir mal. Mon visage est saisi avec force, écrasant l'intérieur de mes joues sur mes dents. Je vois passer la lame d'un couteau. Je comprends et j'ai peur : ils menacent de me couper un doigt si je ne fais pas leur putain de vidéo. Le petit doigt, en fait. Mais ils sont carrément naïfs. Je suis déjà bien au-delà, bien plus loin. Je respire le plus lentement possible, les yeux toujours fermés. Je me prépare à une mutilation qui va sans doute me faire hurler de douleur, mais qui sera ma plus belle victoire. J'attends. Ça gueule en arabe autour de moi, mais ça ne vient pas. Je me prends un grand coup de pied dans le flanc, ce qui me coupe la respiration et me casse une côte. On me ramène finalement dans mon trou.

Je vous ai tous bien niqués, je vous hais. Vous ne pouvez plus rien contre moi, je n'existe plus. Je n'ai plus d'âme ni de corps. J'ai l'air plus faible que vous, mais je suis bien plus fort en fait. Vous ne pouvez plus me faire peur et je vais vous le prouver. En fait, j'avais cette idée depuis quelque temps déjà, mais maintenant, le moment est venu. Le plus dur, c'est de trouver comment le faire. Eux, ils avaient un couteau, moi, je n'ai rien. Il y a bien un peu de métal sous mon lit, quelques cailloux un peu lourds, certains coupants par endroits. Je vais y arriver. Ça a été beaucoup plus long, douloureux et laborieux que prévu, mais à la moitié, je ne pouvais plus reculer. À vaincre sans péril on triomphe sans gloire. Et ma gloire, ici, c'est de voir le visage effaré du chef, devant ma main en sang et mon auriculaire détaché et broyé. Oui, toi, petit roitelet qui croit régner par la terreur, regarde-moi. Je me suis infligé ce dont tu me menaçais. Je me suis mutilé. Je souffre comme pas possible, comme ce jour au restaurant de Bamako où mon corps fut criblé d'éclats de verre. Je suis à terre devant toi, mais je te domine, car je suis absurde. Ta logique ne fonctionne plus face à ma folie furieuse. Je t'emmerde.

**

Le 14 août 2013

C'est la panique dans le camp. J'entends les 4x4 démarrer, on court dehors. C'est un peu comme lors de nos changements de base, mais là, je sens que c'est plus précipité. Ils vont sans doute venir me chercher et me balancer dans leur pick-up, les mains ligotées dans le dos. La porte s'ouvre, c'est Adama. Il a de grands yeux sombres. Il est armé, le visage enturbanné pour se protéger du vent et du sable lorsqu'il sera dans la voiture. Il s'accroupit devant moi, et c'est là que je comprends que ce 14 août sera un jour important.

Je sais qu'il ne va pas me tuer, il l'aurait fait depuis bien longtemps. Mais il n'est pas là non plus pour me prendre et me porter, il n'aurait pas son fusil sinon. Il approche sa main de mon visage et me prend le menton, en me caressant lentement la joue du pouce. Il me regarde, ne me sourit pas et moi je le regarde aussi. Je comprends que c'est ce qu'il cherche : mon regard. Ses pupilles se dirigent en alternance vers mon œil droit, puis vers le gauche. Il est trop près de moi, je le connais trop bien, il m'a pris de court.

Je n'ai pas le temps de lui faire mon regard de fou. Je suis là, avec lui, et nous nous comprenons. Oui, je me moque de vous. Je simule tout, j'ai tout calculé, et ça a marché. Je suis devenu tellement pénible, inutile et fou que ton chef vient de dire qu'on allait me laisser crever ici. Adama me lâche le visage, pose une gourde d'eau à mes côtés et sort ensuite en laissant la porte ouverte. Je ne bouge pas. Encore quelques minutes, quelques bruits de moteurs et le silence se fait. Il ne reste que moi, mon souffle court et mes larmes sèches.

***

Le 23 mai 2014 – Grenoble, France

L'herbe est verte et fraîche sous mes jambes. Je suis assis et cette terre lourde et fertile me rassure. Je suis à l'ombre d'un érable plane qui me rappelle la cour de mon école. Ma femme est à mes côtés. Elle n'est que douceur. Mon regard se perd entre les ondulations de ses cheveux et les collines du Vercors qui se déroulent devant moi. Je ne me lasse pas de cet endroit. On y vient tous les dimanches, quand ils ont le temps. J'entends les enfants crier et jouer un peu plus bas. Je passe mes mains dans les herbes fines. Mon auriculaire me manque.

L'armée française de l'opération Serval n'avait mis que deux jours à arriver après le départ des djihadistes. Ils m'ont trouvé dans un état sévèrement déshydraté et épuisé. Il s'en est fallu de peu.

Dans les jours suivant mon retour, les services secrets de l'armée m'ont longuement questionné. Ils se demandaient pourquoi le chef m'avait laissé là, alors que j'aurai pu toujours représenter une monnaie d'échange. Ils ont eu du mal à me croire et je me suis beaucoup expliqué avec le psychiatre. Je lui ai expliqué que j'ai simulé la folie. J'ai utilisé tout ce que je connaissais de mes maigres connaissances d'infirmier pour les tromper. Un peu comme pour le syndrome de Münchhausen, mais pas dans le but d'obtenir de la compassion, juste de leur prouver mon inutilité, de devenir un fardeau. J'ai simulé le mutisme, la dépression bien sûr, avec en point d'orgue l'automutilation, lacération des bras et des jambes. Je n'ai pas eu besoin de lui parler de mon doigt, il avait deviné au premier coup d'œil. J'ai cru déceler dans les questions de ce psychiatre militaire à Paris un mélange d'intérêt professionnel et d'inquiétude. Il ne cessait de me demander comment j'avais pu être sûr de rester dans mon rôle de simulation et si je me sentais bien à présent. Le chemin qui mène à la folie est bien souvent à sens unique, m'avait-il dit.

Il se fait un peu tard. Les derniers rayons du soleil caressent les feuilles de mon érable. Mon épouse me regarde de ses grands yeux pleins d'amour. Elle passe sa main gentiment sur mon crâne tondu. D'un geste tendre, elle retire mes doigts crochus de mes paupières, prend ma main et l'embrasse, en prenant soin de souffler discrètement sur les trois cils que j'avais méticuleusement alignés après les avoir arrachés sans m'en rendre compte. Je la regarde d'un air désolé, je vais encore me faire houspiller par Aline, mon infirmière à l'hôpital psychiatrique où je réside. Ma femme me parle doucement, elle me rassure. Je pleure en silence. Elle n'attend pas d'explications. Depuis quelque temps, j'ai perdu la parole à nouveau. Mais cette fois, malheureusement, je ne sais pas pourquoi.

L'ANKOU

Agnès BOUCHER

« Je t'assure, Papa, je m'inquiète réellement. »

De guerre lasse, Pierre a cédé à la supplique de Julie qui ne parvient pas à joindre sa mère depuis le matin.

— Il se passe quelque chose. Maman ne va pas bien. L'autre jour, elle ne m'a pas reconnue et a raccroché en m'insultant.

— Et c'est maintenant que tu me le dis ? s'est-il écrié, à son tour ébranlé par la tournure que prennent les événements.

Il le reconnaît. Mélanie devient inquiétante depuis quelque temps, à la fois absente et terriblement méfiante.

— C'est cette bonne femme qui la manipule. Tu avais raison. Rentre, Papa, j'ai vraiment la frousse qu'elle fasse une bêtise. Et je vais continuer d'appeler, on ne sait jamais, elle finira bien par répondre.

Voilà pourquoi, ce jeudi soir, Pierre a laissé en plan ses dossiers et quitté le cabinet sans rien expliquer de son départ précipité à son associé, malgré le regard interloqué de Serge et ses questions laissées en suspens. Il a sauté dans le break et démarré en trombe pour rentrer chez lui où Mélanie ne donne plus signe de vie.

À la suite d'un burn-out pour surmenage, elle est tombée en dépression, ne mettant plus un pied dehors. Devenue agoraphobe, un comble lorsque l'on habite La Muette, véritable clin d'œil à la fatalité. Pourtant, Mélanie est une femme de caractère, devenue experte reconnue en brevets après son doctorat de Droit. Pierre était très fier d'elle quand, simple ingénieur, il l'entendait le soir négocier en anglais ou en espagnol avec des clients. Il aimait le ton jupitérien avec lequel elle tenait tête à ses interlocuteurs lorsqu'ils tentaient de l'entraîner vers des rives juridiquement contestables. Quand il a gravi à son tour les échelons et dirigé des équipes de plus en plus importantes, elle l'a soutenu en véritable alliée. Tous deux se sont beaucoup investis dans leur carrière, sans négliger l'éducation de leur fille et en trouvant toujours le temps nécessaire à la construction de leur couple.

Alors, ils n'ont pas hésité longtemps à chambouler leur mode de vie, quitter la capitale et s'installer en presqu'île de Rhuys. Pierre, notamment, s'est convaincu qu'il tenait là l'opportunité de faire ce pour quoi il avait étudié à Navale. Mariée et mère à son tour, leur fille Julie n'avait plus besoin d'eux financièrement, elle et son mari ayant chacun une excellente situation professionnelle.

**

Le break traverse le village désert. Pierre se demande à nouveau s'il n'a pas forcé la main de son épouse, lorsqu'il a évoqué son projet de racheter un petit chantier naval pour concevoir et construire des bateaux électriques. Cela semblait une bonne idée et Mélanie était enthousiaste, heureuse de pouvoir se reposer et se reconstruire. Dès qu'elle s'en sentirait la force, elle s'installerait en indépendante et travaillerait avec sérénité, pour des PME en manque de compétences comme les siennes.

Cinq ans auparavant, ils ont hérité de la maison familiale, située sur un promontoire face à l'Atlantique. Ils l'ont fait restaurer avec des matériaux sélectionnés soigneusement, potassant les revues de décoration avec dévotion, ne dérogeant pas à leur statut de bobos écoresponsables. Sans doute n'ont-ils pas suffisamment anticipé l'activité plus que calme sur cette langue de terre en période hivernale. Pierre n'en a retenu que les aspects pratiques, la circulation fluide et le calme avoisinant des maisons vides.

**

La voiture franchit le portail à toute allure et s'immobilise en bas du perron dans un crissement de pneus. Tout semble désert. Seule la sonnerie du téléphone grelotte dans le silence. En l'entendant, Pierre perçoit aussi plus distinctement la peur de sa fille qui finit par le gagner. Et si Mélanie était passée à l'acte ? Affolé, il monte les marches quatre à quatre et entre dans le hall désert.

— Mélie ? Tu es là ?

Personne ne répond. En même temps, cela n'a rien d'étonnant. Depuis plusieurs semaines, Mélanie a pris de mauvaises habitudes. Quand Pierre rentre le soir, il ne trouve plus l'accueil attentionné ni le verre de Chardonnay qu'elle avait pris l'habitude de lui préparer en entendant le moteur. Le repas tient trop souvent du pique-nique improvisé et même l'hygiène de sa femme laisse à désirer, puisqu'elle ne prend plus systématiquement sa douche quotidienne. Certains soirs, elle déserte carrément l'appel et il doit partir à sa recherche vers la plage ou le port. Elle ne répond pas quand il la hèle, errant sans but, l'œil hagard. En s'approchant, il l'entend marmonner des paroles incohérentes. Lorsqu'il la tire de ses rêveries, elle ne le reconnaît pas, avant de revenir peu à peu à la réalité. La nuit, quand il essaie de la prendre dans ses bras, elle le repousse et se replie à l'autre bout du lit.

Pierre gagne le salon. Seule la flambée dans l'âtre augure d'une présence dans la maison. Il marche vers la table basse sur laquelle est posé l'appareil et va décrocher quand une voix coléreuse issue d'outre-tombe l'en dissuade.

— Ne réponds pas !

— Mélie ? Mais, que fais-tu dans le noir ?

— Ouououououououh !!! Arrête !!!

— Mais… C'est Julie qui essaie de te joindre depuis ce matin !

— Naaaaannn ! C'est l'Ankou ! Arrêêêêêêêête !!!

Peine perdue, Pierre a décroché et accueille sa fille de sa belle voix de basse. Pour Mélanie, cela signifie qu'il va lui falloir passer à l'acte.

— Ma toute jolie ? Oui, elle est près de moi, ajoute-t-il en jetant un œil perplexe à Mélanie restée debout près de la fenêtre, les yeux comme égarés. Oui, je comprends… Juste de la fatigue, ne t'inquiète pas… Je t'embrasse… Non, je ne crois pas qu'elle puisse te parler… C'est ça, on se rappelle demain… Bonne nuit, oui, bisous, à Maman aussi, je lui dirai…

Pierre raccroche. Il reste un instant sans bouger, puis d'un geste instinctif de la main, repousse la mèche de cheveux gris qui barre son grand front, avant qu'elle ne retombe sur ses yeux noirs et perçants. Vidé comme s'il venait de courir un marathon, il pose son cartable sur le divan, concentré sur sa respiration.

— Mélie…

Sa femme ne répond pas au doux surnom dont il l'a baptisée le jour de leur rencontre. Elle demeure prostrée, hypnotisée par l'obscurité. Et Pierre hésite. Quelle attitude adopter vis-à-vis de celle qui partage sa vie depuis près de trente ans, mais qui depuis quelques semaines semble vivre sur une autre planète que lui ?

— Mélie ? répète-t-il, comme une litanie bienfaisante.

L'intéressée émerge enfin de ce qui semblait un puits sans fond. Elle lui jette un regard tellement absent qu'il en tressaille d'anxiété.

— C'était Julie, explique-t-il d'une voix douce.

— Julie ?

Elle réfléchit quelques secondes, puis hoche la tête. Il remarque alors le stylet qu'elle serre convulsivement dans sa main, celui dont Pierre se sert pour couper les pages des manuscrits chinés sur le port de Vannes.

— Elle a essayé de te joindre toute la journée. Où étais-tu ? Pourquoi éteins-tu ton portable ?

— J'avais besoin de me reposer.

— Qui t'a parlé de l'Ankou ?

**

Pierre connaît bien ce maître tout-puissant, grâce aux récits que lui faisait sa grand-mère dans la petite maison de Penmarch. L'Ankou, c'est ce squelette issu de l'au-delà, drapé d'un suaire et brandissant une faux emmanchée à l'envers, une flèche ou une lance. Pierre est bigouden par sa mère et vannetais par son père. Du côté morbihannais, ses ancêtres étaient des notables qui considéraient les légendes comme des refuges pour analphabètes. Mais pour le petit garçon, elles étaient plus drôles et troublantes à entendre que le récit des parties de golf ou des tournois de bridge de ses grands-parents.

Dans les récits de son aïeule, l'Ankou survenait la nuit, debout sur son chariot aux roues grinçantes, lugubre convoi que Mamm-gozh[7] appelait karriguel an Ankou[8] ou Bag nez[9]. Le garçonnet tremblait d'une peur délicieuse quand sa grand-mère lui assurait en entendre grincer les roues, ou prétendait l'avoir croisé lorsque, plus jeune, elle rentrait de nuit par la lande, éclairant son chemin d'une seule lanterne. Voir ou entendre l'inquiétant attelage annonçait invariablement la mort d'un proche.

Alors, que Mélanie, Parisienne sur trois générations, porte crédit à ses fadaises colportées depuis la nuit des temps par des esprits incultes et crédules laisse Pierre désarmé. Surtout, il comprend que la laisser seule toute la journée était une mauvaise idée, même si elle ne s'est jamais plainte du calme abyssal dans lequel elle s'est trouvée plongée. Elle a d'abord utilisé positivement son nouveau statut de femme d'intérieur, se prenant de passion pour le jardinage, redessinant les contours du jardin, plantant camélias, hortensias et autres mimosas. Bien sûr, Pierre trouvait un peu bizarre qu'elle réclame chaque soir son admiration patiente, en lui faisant faire le tour du propriétaire, et son enthousiasme devant l'avancée des travaux.

À l'automne, ce sont les photos qu'elle a décidé de trier, amoncelées depuis des années. Elle a rempli des albums qu'elle a ensuite classés dans la bibliothèque. Pierre a tenté de lui glisser quelques dossiers juridiques à consulter ; non qu'il ait un réel besoin de son éclairage, plutôt pour l'inciter à revenir dans le monde du travail. À l'époque, il en avait parlé à Julie qui l'avait rabroué. Sa mère venait de subir un choc psychologique et il devait être patient. Pierre n'avait pas voulu subir une coalition féminine, d'autant que la situation ne semblait pas davantage choquer son gendre, de tempérament assez combatif même si consensuel.

Mais ce soir, même Julie est inquiète.

---

[7] Grand-mère en breton.
[8] Brouette de l'Ankou.
[9] Bateau de nuit dans les régions du littoral.

***

Elle n'est pas la seule.

Trois semaines auparavant, c'est la pharmacienne qui a pris Pierre à part. L'entraînant dans le laboratoire qui jouxte la boutique, d'un air désolé, elle lui a communiqué ses soupçons.

Quand Pierre y repense, il a l'impression de vivre un cauchemar.

— Vous êtes au courant pour la fille Le Bellec ?

— Qui ça ?

— Vous ne vous souvenez pas d'elle ? Pourtant, elle en pinçait pour vous autrefois.

Pierre regarde la pharmacienne d'un air interloqué. De qui parle-t-elle ? Certes, il a fait tourner quelques têtes, mais Mélanie a vite pris le dessus sur ses rivales.

— Solenn Le Bellec, la fille de mon prédécesseur. Rappelez-vous, une belle rousse aux yeux très clairs, dont les seuls torts étaient d'être l'enfant de ce salopard et de souffrir d'un boitillement.

— Peut-être…

— Elle et votre femme sont tout le temps fourrées ensemble.

— Euh… Quel mal y a-t-il ?

— Alors, vous ignorez que votre grand-père et son père se haïssaient.

Pierre en convient. Son histoire familiale est passée aux oubliettes de sa mémoire, si jamais il l'a connue un jour.

— Au décès de Yannick Le Bellec, votre aïeul a tout fait pour s'approprier la maison qui vous appartient aujourd'hui. De quelle façon en a-t-il délogé sa fille ? Je l'ignore…

— En tant que notaire, c'était un sacré filou !

— Eh bien, la Solenn vous hait de tout ça. Elle vous tient responsable de la perte de *sa* maison. Et depuis que vous y êtes installés à demeure, elle ne peut plus y retourner comme elle avait l'habitude…

— Vous voulez dire ? Les déprédations que nous avons subies ? traduit Pierre au souvenir de quelques dégâts rituellement découverts à chaque arrivée en villégiature.

— C'était elle, affirme la pharmacienne d'un ton catégorique. Mais sans preuve du délit, comment faire ?

— Pourquoi personne ne nous a prévenus ?

La pharmacienne hausse les épaules, l'air de dire vous êtes des étrangers ici, on ne se mêle pas de vos affaires…

— Alors, méfiez-vous, reprend-elle, Solenn est experte pour manipuler les gens. Votre femme est une proie rêvée pour elle, et vu son ordonnance mensuelle…

Au souvenir de cette conversation et après l'exclamation de Mélanie, Pierre comprend mieux le changement opéré chez sa femme.

**

Ce qu'il ignore en revanche, c'est que, postée juste derrière le puits, une silhouette voûtée ne perd pas une miette de l'échange mouvementé qu'il a avec sa femme. De ses yeux brillants comme deux cristaux ardents, Solenn Le Bellec fixe Mélanie à travers la fenêtre, cherchant à la manœuvrer à distance. Elle connaît les secrets pour utiliser ses contemporains. La faute en revient à ceux qui l'ont affublée enfant du sobriquet de sorcière, impressionnés par ses yeux translucides et perturbés par le déhanchement qui l'a toujours fait boiter. Les imbéciles ! Aujourd'hui, on sait que sa pathologie est d'origine génétique. À l'époque, tous l'attribuaient à la consanguinité, au vice. Et pourquoi pas au Diable pendant qu'ils y étaient ?

Solidement appuyée sur sa canne, Solenn Le Bellec savoure son triomphe. Elle hait ces intrus qui lui ont pris la maison de ses ancêtres. Elle en a été dépouillée à la mort de son père, ce renégat éthylique et pervers qui l'a reconnue du bout des dents et l'a laissée sans un sou après l'avoir copieusement violée. Comment voulez-vous qu'elle n'en veuille pas à la Terre entière et d'abord à ce couple, si beau et riche ? Lui, elle l'a connu adolescent. L'a-t-il seulement remarquée lorsqu'il ensorcelait les dindes du village, énamourées par ce beau gars au sourire de conquérant, que la pratique assidue de la voile et du tennis avait sculpté en Apollon ? Jusqu'à leur fille et leurs petits-enfants, dont la blondeur et la santé débordante l'ont rendue folle de jalousie les cinq étés où ils sont venus en vacances.

Quand elle les a vus s'installer à demeure, elle les a espionnés. Comme seul le mari s'absentait la journée, elle a guetté les allées et venues de la femme, la trouvant changée, triste et moins sûre d'elle. Elle a feint de la croiser dans ses promenades pour entamer la conversation, l'a invitée chez elle, mélangeant au thé quelques produits facilitant l'hypnose. Solenn Le Bellec est tout sauf ignare. Sans faire d'études, elle a tout appris des plantes et des médicaments auprès de son père pharmacien, l'assistant dans son officine et composant les potions que préconisaient les médecins.

Avec Mélanie, il ne lui restait qu'à distiller son venin par des sous-entendus et autres malveillances.

*

— Que se passe-t-il, Mélie ?

L'intéressée secoue la tête, jette à son mari un regard étrange, empli de méfiance et d'animosité. À 55 ans, elle reste séduisante, les cheveux châtains coupés mi-long, le corps charpenté et souple. Son visage banal est rehaussé par de grands yeux noisette et, quand elle sourit, deux fossettes creusent encore ses joues moins rondes qu'autrefois, fossettes qui demain se transformeront en rides.

Avant ce soir où elle lui a crié dessus de manière hystérique, la seule fois où Pierre s'est rebellé est quand elle lui a demandé de faire chambre à part. Il s'est alors révolté, refusant de concrétiser leur séparation latente. Dans toutes les autres occasions, il a préféré ne pas voir les signaux d'alarme et a laissé couler, ne disant rien, même s'il n'en pensait pas moins.

— Tu ne veux pas comprendre !

— Je comprends surtout que notre voisine t'a fourré ses idées absurdes dans le crâne.

— De qui parles-tu ? demande Mélanie sur la défensive.

— Solenn Le Bellec, ça te dit quelque chose ? Elle te manipule !

— Je ne suis pas folle !!! rétorque aussitôt Mélanie.

Solenn l'a prévenue. Il va essayer de la faire enfermer. Il veut se débarrasser d'elle. Mais elle ne se laissera pas faire.

Ses doigts serrent encore davantage le manche de cuivre, au bout duquel brille une lame qu'elle a pris grand soin d'aiguiser durant tout l'après-midi.

— Je n'ai jamais pensé ça ! Que se passe-t-il, Mélie ?

— Solenn me dit la vérité, elle, sur toi et tes petits arrangements ! Voilà ce qui te dérange.

— Je ne la connais même pas !

Pierre est atterré.

— Qu'est-ce qu'elle t'a raconté ? Que grand-père l'a escroquée ? C'est probablement vrai, et alors ? En quoi suis-je responsable ?

C'est alors que Mélanie lâche l'invraisemblable.

— Tu l'as violée !

Pierre se fige, totalement bouleversé.

Comment sa femme, qui s'est parfois plainte de sa trop grande douceur dans leurs moments d'intimité, peut-elle l'imaginer se transformant en barbare féroce ?

— Quelle horreur…, murmure-t-il, atterré.

La pharmacienne avait raison. Il a été trop négligent. Cette femme a profité de ses absences pour distiller ses discours fielleux, adepte d'une ancestrale superstition satanique. Elle a eu le temps de manœuvrer une Mélanie encore trop fragile, de l'endoctriner de fausses rumeurs ignominieuses, l'hypnotisant peut-être pour emplir son cerveau convalescent d'affabulations en tous genres, y semant la défiance puis la haine vis-à-vis de son mari.

— C'est elle aussi qui t'a parlé de l'Ankou ?

Mélanie ne répond pas, de nouveau abattue. Puis elle le regarde et Pierre tressaille de peur, essayant de maîtriser la panique qui croît à toute allure au plus profond de lui. Elle a besoin qu'il reste calme et surtout qu'il ne se méfie pas, car il est plus fort qu'elle. Il faut qu'elle fasse taire ses soupçons.

— L'Ankou ? répète Mélanie d'une voix devenue mielleuse. Je ne sais pas de quoi tu parles… En revanche, tu es très doué pour changer de sujet.

— Il est impossible que tu m'imagines capable d'une chose pareille… Nous vivons ensemble depuis trente ans ! Tu me connais, Mélie !

— Boh… alors, si tu le dis !

Elle semble lâcher prise, se laisse tomber sur le canapé. Quand son mari s'installe à côté d'elle, elle s'écarte ostensiblement, ce qu'il feint de ne pas remarquer.

— Mélie…

— Hmmmmmm ?

— On va se trouver un appartement à Vannes, sur le port.

— Pourquoi ? Je ne veux pas partir ! On est très bien ici.

— On est loin de tout. En ville, tu pourras sortir et voir du monde. Tu pourras même recommencer à travailler.

— On a besoin d'argent ?

— Non. Je pense juste qu'il te faut reprendre une activité intellectuelle. Tu avais besoin de te reposer, c'est fini à présent. Tu peux proposer tes services à des entreprises du coin. J'ai déjà des clients intéressés, qui préfèrent travailler avec une avocate parisienne plutôt que de la région, par souci de discrétion…

— Par principe, un avocat est lié par un code de déontologie, dis-le à tes clients, siffle-t-elle agressivement.

— Tu sais ce que j'entends par là, un avocat qui ignore tout des ragots qui courent de droite et de gauche.

Mélanie se lève d'un coup, mue par une rage incoercible. Elle se penche vers son mari, se met à hurler avec une fureur proche du délire. Pour la première fois, Pierre se sent réellement en danger, d'autant qu'elle ne cesse d'agiter le stylet sous son nez avant de le lui coller sur la gorge.

— Je ne suis pas folle !!!

— Pose ce poignard, tu vas finir par nous blesser !

Le coup part, tranchant la paume qui s'est interposée entre le cou et la lame.

C'est le moment qu'attendait Solenn Le Bellec pour intervenir. Vite, elle claudique sans bruit vers l'arrière de la maison, un bidon d'essence dans chaque main. Le vent qui souffle l'aide dans son entreprise. Avec le liquide inflammable, elle commence à asperger la vigne vierge qui recouvre toute la façade. À l'intérieur, un bruit confus de lutte lui parvient. Jetant un bref coup d'œil par la fenêtre, elle voit le mari de Mélanie reculer devant sa femme. Celle-ci n'a toujours pas réussi à lui trancher la gorge, mais elle l'a entaillé de belle façon sur le torse et les bras.

Il est temps d'allumer le brasier. D'autant qu'à l'intérieur, Solenn a pris soin de disséminer quelques petites bonbonnes de gaz, qui exploseront sitôt la chaleur trop puissante. Les flammes lèchent déjà le mur de belle manière, lorsqu'une seconde voiture fait irruption dans la cour. Un homme en descend, qui ne la voit pas même s'il a pris conscience qu'un incendie s'est déclaré. Avant qu'il puisse faire quoi que ce soit, il doit s'occuper de Pierre, sorti en titubant sur le perron, la chemise trempée de sang, fuyant la furie qu'est devenue sa femme. Son visage semble rassuré de voir son associé venir à sa rencontre.

— Arrête-la… Moi, je n'en ai plus la force…, murmure-t-il avant de s'évanouir et de s'écrouler sur le sol.

Derrière lui, Mélanie jaillit de la maison pour porter le coup de grâce. Mais, heureusement, le poing de Serge la cueille violemment en plein visage, la faisant tomber sans connaissance sur son mari. Il se croit sorti d'affaire, quand une course sur le gravier se fait entendre derrière lui. Serge se retourne et voit débouler une furie rousse qui cherche à l'arroser avec du liquide qu'il devine être de l'essence. Il se recule vivement, ce qui fait trébucher son agresseuse, emportée par son élan. Vite, il saute sur elle pour la maîtriser, l'assommant elle aussi. Puis il s'approche de Pierre, dont la respiration est difficile.

— T'inquiète pas, je prends les choses en main, lui murmure-t-il avant de sortir son portable.

C'est ne pas tenir compte de la première explosion qui résonne de l'autre côté de la maison.

NYMPHÉA

Charles DEMASSIEUX

À Laurence...

Alors on vit, de l'autre rive, le bourreau lever lentement ses deux bras, un rayon de lune se refléta sur la lame de sa large épée, les deux bras retombèrent ; on entendit le sifflement du cimeterre et le cri de la victime, puis une masse tronquée s'affaissa sous le coup.

Alexandre Dumas, *Les Trois Mousquetaires*

Il avait suffi d'un collant en lycra noir recouvrant deux jambes délicieusement galbées appartenant à une jeune femme, sinon inconnue, ignorée de la plupart de ses collègues. Deux jambes exquises dans leur timidité apparente. Deux jambes qui changeraient le cours de deux vies.

<center> * *</center>*

Nymphéa avait 25 ans. À cet âge, tout est possible. L'avenir sort à peine de sa chrysalide et son envol imminent offre mille perspectives. Des années qu'elle portait avec une grâce hors d'âge, séduisante sans ostentation. Désirable et désireuse, elle n'était cependant fidèle qu'aux aventures éphémères. « Aimer durablement un seul homme, c'est emballer la mort avec du papier-cadeau », claironnait-elle. Ses amants, nombreux, semblaient les figurants d'un film : aussitôt apparus, aussitôt oubliés. Ses amitiés ne valaient pas mieux.

Chez elle, rien ne durait que sa solitude affective volontaire, le compagnon préféré de ses jours.

Nymphéa avait de l'ambition, « qualité » qui transforme les esprits avides en machines à réussir, quel qu'en soit le prix, surtout pour les autres. Une machine n'a pas d'états d'âme : elle exécute une tâche et n'en dévie pas jusqu'à sa mort. C'était l'impression que la jeune femme laissait dans son sillage : une machine préprogrammée.

Ses collègues, décelant son absence d'empathie et de scrupules, s'en méfiaient, sauf une poignée d'écervelées habillées comme un cliché de magazine, et sur lesquelles Nymphéa exerçait sa domination discrète et efficace. On n'atteint les sommets qu'à condition d'être capable de maintenir son entourage à terre.

Bien entendu, sa rectitude était louée jusqu'aux plus hauts sommets de cette PME de province où elle se faisait les griffes depuis quelque temps. On lui prédisait d'ailleurs une ascension fulgurante. Nymphéa n'était pas pour autant mauvaise : elle n'avait de considération que pour sa personne.

Tout commença donc par ses jambes sensuellement noircies d'un léger collant, une jupe serrée qu'elle seule pouvait se permettre de porter avec candeur, et un chemisier blanc compressant une poitrine généreuse, comme on disait. Ses petits talons, noirs eux aussi, la rehaussaient d'une poignée de centimètres, cambrant légèrement son corps. Maquillée succinctement, Nymphéa oscillait, ce matin frais de début d'avril, entre la féminité et l'uniforme vestimentaire.

Vincent, beaucoup plus élevé dans la hiérarchie par ses diplômes et ses quinze années de service, n'avait à ce jour prêté qu'une attention distraite à Nymphéa. Mais aujourd'hui, lorsqu'elle frappa à la porte de son bureau et entra après y avoir été autorisée, elle le subjugua. Hélas pour lui, elle remarqua immédiatement les dévastations de son charme, alertée par ce sens dont n'importe quelle femme est douée plus ou moins consciemment. Nymphéa insista alors légèrement, croisant et décroisant ses jambes à mesure qu'elle écoutait les consignes ânonnées par son interlocuteur aimanté par la vue de ses collants, ainsi que le bruit enivrant de leur frottement.

Vincent vivait bourgeoisement à l'abri du besoin, marié à une épouse magnifique, selon la formule polie de ses homologues masculins, cachant en réalité une certaine envie. Pas encore d'enfants, mais ça viendrait. Un destin parfait. C'était compter sans le revers de la fortune, qui dispense aussi bien l'heureux que le malheureux hasard. Et le malheur a souvent l'allure des belles « choses ».

Dans un effort surhumain, il parvint toutefois à clore cette réunion à huis clos et se défaire, momentanément, de Nymphéa. Celle-ci, en rejoignant son bureau, calculait déjà les avantages qu'il y aurait à se prêter à cet homme influent. Nymphéa ne se donnait jamais : elle se prêtait. La nuance était importante.

Pendant ce temps, Vincent, suffoquant comme après un marathon dont il était par ailleurs adepte, tâchait de se calmer. Démuni, il se trouvait soudain confronté à une énigme indéchiffrable : lui, le brillant cadre marié à une créature aussi brillante et superbe, voilà qu'une subalterne l'obsédait au point qu'il l'aurait volontiers soumise à son désir impérieux si seulement la loi l'y avait autorisé. Lui que les employées de l'entreprise courtisaient depuis des années sans succès, résignées à sa fidélité très chrétienne. Car Vincent avait la foi, une foi qui s'accommoderait bien mal de cet écart déraisonnable.

Les heures avançaient poussivement et il ne se sentait bon à rien. Il déjeuna seul, d'un sandwich sans goût, refusant une invitation à aller voir les navires à quai sur le fleuve. Le marin aguerri – qui avait fait le tour de l'Angleterre avec son père, à bord d'un voilier, et qui découvrit New York de l'océan, dans une folle équipée avec une bande d'amis – n'avait soudain plus le goût du large. Et alors que s'étalaient non loin d'ici des galions venus du monde entier, il préférait l'atmosphère monacale de ce bureau impersonnel. D'un geste agacé, il fit tomber la photographie de sa femme, enserrée dans un cadre. Son regard figé sonnait trop comme un reproche pour qu'il le supporte davantage. Dans la journée, il se fit apporter le dossier de Nymphéa et le compulsa, croyant y trouver des informations intéressantes, apprenant au passage ses coordonnées par cœur. Ce qui relevait d'une indiscrétion passible de sanctions.

Qu'importait : son dérèglement des sens lui ferait commettre pire.

De son côté, Nymphéa déjeunait avec des collègues dans le patio de l'entreprise, à l'abri de la foule qui envahissait les rues de la ville pour venir contempler – et toucher du bout des doigts – le rêve d'évasion que ces gigantesques mâts offraient. Elle écoutait les conversations… en apparence. Sa tête moulinait :

Demain, se disait-elle, *je ferai encore mieux. Il aime le noir, il aime mes formes pressées ?*

Soit, je lui en donnerai pour son envie ! Je le mettrai dans mes draps en même temps qu'à la merci de ma volonté. Je n'ai pas l'intention de moisir en province et les relations de monsieur Vincent m'aideront à entrer par la grande porte dans la capitale. Là-bas seulement je me sentirai vivre. Ma mère a bien raison de prétendre que ma réussite est acquise, étant donné mon âme de pierre. La pauvre, comme je la plains de se satisfaire de son existence de petite ménagère proprette ! Son Dieu lui interdit l'orgueil et la luxure : pas le mien !

Son frugal repas terminé, elle prit congé de ses collègues, une bande de filles dont l'ambition ne dépassait pas un mari assez riche pour leur offrir une maison et des enfants bien portants. Pour se convaincre qu'elle n'avait pas mal interprété le comportement inhabituel de son supérieur, Nymphéa monta un stratagème qui consistait en ceci :

— Pardon de vous déranger, Monsieur, mais je ne retrouve pas mon foulard et je me demandais s'il n'était pas tombé dans votre bureau tout à l'heure.

— … Je n'ai rien vu, mais vous pouvez regarder… Je vous en prie.

Lentement, elle fit un examen de la pièce, forçant son déhanché, se laissant dévorer par les yeux avides de Vincent lorsqu'elle se maintenait volontairement de dos. Puis, constatant qu'il se serait mis à ses genoux sur son ordre, elle sourit, confuse, joignant ostensiblement ses mains sur sa poitrine, ajoutant humblement :

— Je m'excuse encore. Vous devez être très occupé.

— … Non, pas vraiment… Nymphéa.

En sortant, elle rougit d'extase. Il ne l'appelait plus « Mademoiselle », mais « Nymphéa ». Vincent ne mordait pas à l'hameçon : il s'y empalait !

Vers 10 heures, tandis que la plupart des employés avaient quitté leur poste pour rejoindre le calme relatif d'une vie privée, Vincent et Nymphéa, parmi quelques rares travailleurs acharnés, occupaient toujours les lieux. L'un parce qu'il ne savait comment se composer un visage neutre en rentrant chez lui afin de ne pas éveiller de soupçons ; l'autre pour forcer le hasard des couloirs et rencontrer « fortuitement » cet homme dégoulinant de désir. Et tel fut le cas.

Nymphéa, dans sa douce perversité, s'était parfumée, avait ouvert deux boutons de son chemisier et remonté légèrement sa jupe dans le but de mieux exposer à Vincent ses lycras noirs, dont on apercevait maintenant un liseré savoureusement érotique.

Elle faisait les cent pas dans le couloir lorsque Vincent, hagard, l'aperçut. Plus de dissimulation, plus de retenue, plus de prudence non plus. Il l'attira dans son bureau et, sans prendre la peine de fermer le verrou, posséda Nymphéa à même le sol... deux fois. La jeune femme connut le plaisir, celui de la chair brute mêlé à la transgression, laquelle excite l'imaginaire, ce chef d'orchestre des délectations charnelles.

Il se produisit alors un incident grave : elle ressentit plus que cette banale satiété du corps. Pour la première fois, elle avait entrevu les portes de l'attachement amoureux. Elle se défit alors énergiquement de l'étreinte de son partenaire encore entreprenant. Vincent n'eut aucun geste pour la retenir, incapable – déjà ! – de désobéir à sa volonté souveraine. Tout en se réajustant, elle le regardait, allongé lamentablement à ses pieds... à sa merci. Il était à sa place : un marchepied pour son ascension.

Il se releva et voulut l'embrasser, son pantalon tombant ridiculement sur ses chevilles, mais elle lui opposa un refus qui ne souffrait aucune objection. Puis elle sortit. Il fallut encore une demi-heure à Vincent pour se ressaisir et quitter les locaux de l'entreprise. Ce soir-là, il posséda sa femme avec une énergie désespérée, la mettant enceinte de surcroît... Cela, il ne le sut jamais.

À ce même moment, Nymphéa veillait dans le soleil couchant de sa chambre, fenêtre ouverte. Elle songeait :

Ah, non, ma fille : pas de ça ! Tu ne vas pas jouer les Bovary. La province est un mouroir, tu le sais ! Il est beau, assez riche, puissant et rassurant, d'accord ! Mais il n'est pas assez haut et pas assez riche ! Pourquoi se contenter d'une colline quand on peut atteindre le sommet d'une montagne ? Je te le demande ! Fais-toi bien baiser, profite, le temps qu'il t'introduise dans le cercle fermé des grands chefs, et ensuite va ton chemin ! Il accomplira tout ce que tu lui demanderas, tu l'as vu dans ses yeux quand il te besognait : fou, complètement fou de toi, prêt à tuer si tu le lui commandais ! Ne gâche pas ta chance ! Sois aussi forte qu'avec ton premier « amour ». Et s'il s'ouvre les veines, lui aussi, tu ne risques rien : ce n'est pas un délit d'être aimée sans retour… Je ne me trompe pas ? C'est bien sans retour ? Il ne manquerait plus que tu deviennes une guimauve dans de l'eau de rose ! Ne t'inquiète pas, c'était juste une faiblesse passagère. Après tout, tu es humaine. Garde-toi cependant des folies de l'amour : l'ambition est une compagne plus raisonnable ! Vis pour toi, le reste ne vaut rien, ma belle.

Rassérénée, elle s'endormit, lascive, regrettant que Vincent ne soit pas là pour calmer son ardeur. L'onanisme avait ses limites.

*
* *

Le lendemain, très tôt, un homme se traînait sur un chemin qu'il empruntait normalement avec entrain. Revoir l'objet exclusif de ses pensées le rongeait d'un mal sournois et inguérissable. Si seulement il avait connu le fanatisme amoureux auparavant ! Mais il n'avait jamais aimé qu'avec raison. Une colère sourde l'envahissait, des visions où la nudité ensorcelante de Nymphéa se maculait de sang par sa faute, comme pour se venger du dérangement psychique qu'elle lui causait. C'était là l'ultime révolte contre son aliénation naissante et, hélas, avancée.

Pour la première fois depuis qu'ils vivaient ensemble, il n'avait pas frappé à la porte de la salle de bains de son épouse afin de l'embrasser avant de partir. Les rituels affectifs s'effondraient, semblables à ces falaises, plus au nord, qui se brisaient à la suite de grosses tempêtes. Vincent se comparait à ce roi qui, pris de folie, décima une partie de sa suite. Paradoxalement, il trouvait du plaisir à souffrir. Il s'enivrait comme un toxicomane de la perspective de prendre à nouveau Nymphéa. Le referaient-ils dans son bureau, dans sa voiture ou, mieux encore, chez elle, dans l'antre de la bête irrésistible ? Autant de projections qui accélérèrent son pas et son rythme cardiaque jusqu'à ce qu'il arrive essoufflé, saluant en tremblant ceux qui le croisaient, dont certains de son cercle intime.

Nymphéa habitait plus à l'écart et venait travailler en voiture. Son entrée fut un triomphe. Oubliée la discrète jeune femme : place au fantasme incarné, des pieds à la tête, tournant celle de chaque homme qu'elle croisait. Ménageant son effet, elle ne se précipita pas chez Vincent. Elle l'évita même toute la matinée pour apparaître en majesté dans une réunion où il l'avait conviée en sa qualité de secrétaire du service. Présence négligeable qui alerta les plus soupçonneux, souvent occupés de la vie des autres étant donné l'affligeante linéarité de la leur. Plutôt que d'aller directement à sa place, elle fit le tour de la table, déstabilisant la gent masculine, pour finalement s'installer à côté de Vincent, lui décrochant un sourire carnassier auquel il répondit par une déglutition bruyante.

La réunion se déroula, semblable à celles qui avaient précédé et qui lui succéderaient. Elle ne dura pas plus d'une demi-heure. Laps de temps qui suffit à Nymphéa pour irriter le bas-ventre de Vincent en le caressant discrètement sous la table avec son pied déchaussé. Elle ne doutait pas qu'il succombait à ces sortes de stratagèmes féminins. En sortant, s'isolant avec elle, Vincent la pressa en plusieurs endroits de son corps avec une force agressive qui inquiéta la jeune femme. N'y avait-il pas danger à poursuivre le jeu ? Pour le calmer, elle lui promit de le recevoir à la pause déjeuner dans le parking. Il n'en fallait pas moins pour se libérer de ses bras.

Il l'attendit devant un alignement de voitures qui signifiaient la place de leurs propriétaires dans l'entreprise : de la petite citadine fatiguée jusqu'à la berline rutilante. Nymphéa ne vint pas. C'était bien entendu calculé. Un rugissement sourd, lorsqu'il fallut remonter aux étages, envahit Vincent, les yeux injectés, claquant les portes, sans considération pour les employés qui encombraient sa route. Il s'enferma et décrocha son téléphone :

— Je t'ordonne de venir immédiatement, prononça-t-il, menaçant.

Nymphéa, comme tout prédateur, montrait de la prudence. Et à cet instant, la prudence lui commandait d'obéir. Elle s'exécuta. À peine entrée, elle se vit plaquée contre un mur, partiellement dévêtue, prise si rageusement qu'elle en conçut une extase que sa bouche peinait à contenir pour ne pas donner l'alerte. Enfin, lorsque l'ardeur de son amant fut satisfaite, elle décida qu'il était temps de se découvrir partiellement et réclama subtilement une faveur :

— Il paraît que tu connais bien les gens du siège à Paris. J'aimerais tellement partir travailler là-bas ! Tu pourrais me présenter ? minauda-t-elle.

— Je dois y aller à la fin de la semaine. Tu m'accompagneras.

— Vincent… je suis bien avec toi.

Il ne sut que répondre, électrisé par cet aveu qui n'en était pas un. Nymphéa connaissait admirablement sa partition de femme amoureuse.

Et voilà, ma fille, nous y sommes ! Jeudi soir tu te laisses généreusement entreprendre dans un bel hôtel, et le lendemain tu seras dans la place. Ce qu'elles peuvent m'agacer, les jolies pimbêches qui ne savent pas se servir de leurs atouts ! C'est si peu de chose, quand on y réfléchit, pour le bien futur qu'on en retire, d'abandonner sa chair à la concupiscence masculine. Moi, je veux bien être la plus scandaleuse des courtisanes si j'ai la certitude de l'opulence. Je me moque de la morale : elle n'est pas nourrissante ! Je me sens l'appétit d'une Françoise d'Aubigné : je veux un roi pour régner !

À la maison, l'atmosphère était devenue lugubre. Vincent ne parlait plus et son épouse se morfondait, pressentant un péril pour leur couple. Il buvait beaucoup et fumait. Chacune de ses pensées étant dirigée vers sa maîtresse, le reste interférait désagréablement.

Ce que Nymphéa lui concédait, ce n'était pas suffisant : il la voulait totalement. N'y tenant plus, il l'appela, ce qui étonna la jeune femme puisqu'elle ne lui avait pas transmis ses coordonnées. Elle le maudit intérieurement, mais elle dut se rendre à l'évidence : son amant utile pouvait en un claquement de doigts interrompre son ascension et la renvoyer à son statut originel de fille du peuple. Peu de temps après, il débarquait chez elle, un appartement de la lointaine banlieue. Toute la nuit, il la sollicita, avec talent reconnut-elle. L'ennui, c'est que lorsqu'il la tenait à la merci de ses pulsions, Nymphéa était au bord de l'aimer sincèrement, sentiment inédit qui l'effrayait. Vincent opposait à son égoïste volonté une force irrésistible et non moins délirante. Les convictions de Nymphéa s'en trouvaient ébranlées. Le danger était réel.

Au matin, Vincent exigea qu'elle monte dans sa voiture et qu'ensemble ils partent travailler. À leur arrivée, ils furent découverts et les rumeurs allèrent bon train. Si Vincent s'en moquait, la situation devint intenable pour Nymphéa, entre ceux qui l'épiaient sans un mot et les autres qui la pressaient de questions auxquelles elle répondait laconiquement.

Le jeudi à 17 heures, elle se fit conduire vers son destin. Ils entrèrent dans Paris deux heures plus tard, se firent servir leur repas dans la chambre d'un établissement luxueux. Vincent, tel un condamné à mort, entendait profiter de chaque instant avec sa maîtresse, laquelle se plia sans restriction à ses desiderata.

À 9 heures, le vendredi, ils furent reçus dans les salons du siège social, un immeuble haussmannien du VIIIe arrondissement. La familiarité des dirigeants avec Vincent conforta Nymphéa dans le choix de sa proie. Elle se présenta avec toute la modestie requise et séduisit par son élégance ainsi que sa parfaite connaissance de l'entreprise. Vincent tint sa promesse et sollicita un poste pour sa collaboratrice, comme il se fit fort de la désigner publiquement. Ceci lui fut accordé sur le champ étant donné ses états de service.

Le second de l'entreprise les invita ensuite dans un restaurant où brillait encore le faste du Second Empire, exhalant une richesse incommensurable pour Nymphéa, née presque pauvre. Tel un Georges Duroy, elle se voyait épouser l'un de ces maîtres du monde qui déjeunaient alentour, seuls ou accompagnés. Qui sait, descendrait-elle un jour les marches de l'église de la Madeleine au bras d'un puissant ? Car au prix de ce luxe, elle admettrait le mariage et peut-être des enfants.

Hélas, il fallut rentrer, et pour Vincent affronter sa femme, devant laquelle il n'avait pas reparu depuis son escapade nocturne chez Nymphéa. Il y eut de la cruauté inouïe d'une part et des larmes désespérées d'autre part. Abasourdie, l'épouse éconduite fit ses valises et s'enfuit chez ses parents. Mais au lieu d'avoir des regrets, Vincent savoura ce départ précipité comme une victoire. Il ramena Nymphéa chez lui et, pendant plusieurs semaines, ils menèrent ensemble une vie de plaisir insouciant, s'offrant parfois des escapades dans les capitales européennes.

*

Vint la mi-juillet…

Nymphéa reçut sa nouvelle affectation et s'en réjouissait. Les assiduités impérieuses de Vincent, ajoutées à sa jalousie maladive, lui pesaient. Jalousie justifiée, sans qu'il le sût, puisqu'elle le trompait avec le second du siège parisien quand elle s'y rendait seule, prétextant une convocation de la direction. Prenant son courage à bras-le-corps, elle décida qu'il était temps de rompre avec cette comédie :

— Je pars lundi matin.

— Pas question : il te reste encore quinze jours !

— Tu permets que je prenne mes marques ? Et puis j'étouffe ici !

— Je t'accompagne !

— Tu n'y penses pas. Et ton travail ?

— Je poserai des jours, il m'en reste !

Voyant que la manière douce n'aboutirait à rien, Nymphéa se fit plus tranchante :

— Écoute-moi, Vincent, je n'ai pas l'intention de vivre avec toi, ni de poursuivre notre relation. Laisse-moi partir et restons-en là.

— Mais… J'ai tout abandonné pour toi !

— Oh, s'il te plaît, ne me joue pas ce refrain mélodramatique ! Tu n'as qu'à la récupérer, ta femme ! Je suis sûre qu'elle te pardonnera.

— Je t'interdis !

— Tu ne m'interdiras rien, ni personne d'ailleurs ! Je suis libre et j'entends le rester ! Que croyais-tu ? Que j'allais te faire une ribambelle de mômes, te préparer des bons petits plats ? Tu es un excellent amant, ça d'accord, pas au point que je te sacrifie mon avenir. Maintenant, tu permets, je dois…

— Tu restes ici.

Cela fut dit avec une telle démence dans le ton que Nymphéa trébucha sur sa valise et tomba. Sa terreur n'était pas feinte. Vincent la contemplait avec le calme des assassins déterminés. Les rôles s'inversaient : elle était à présent la proie. Et son prédateur la tuerait mieux que symboliquement. Il se taisait, un rictus affolant au coin de ses lèvres crispées. Lentement, il se déplaça vers le secrétaire, tâtonnant sur un coin jusqu'à ce qu'un cliquetis se fasse entendre. Sans se faire voir, il sortit d'un tiroir secret un pistolet automatique. Maintenant ses mains derrière le dos, il s'approcha de Nymphéa et lui posa une seule question :

— Dis-moi la vérité et je te laisse partir.

— Qu'est-ce que tu caches ? Tu veux me tuer ? Pauvre type ! Tu n'as pas assez de courage pour ça ! Je t'ai tenu en laisse sans aucune difficulté ! Tu aurais fait n'importe quoi si je te l'avais ordonné, et tu le ferais encore ! Alors, écoute-moi bien, pour que les choses soient claires : je suis déjà dans le lit d'un autre, plus viril et ambitieux que toi ! Non, mais tu t'imaginais que nous allions filer la parfaite romance ? Que tu es naïf !

Ces injures et humiliations constituaient autant de coups violents portés à son cerveau malade. C'est pourquoi, n'écoutant que ses hurlements intérieurs, Vincent franchit la frontière sans retour de l'authentique folie, sa nouvelle maîtresse qui venait de prendre pleinement possession de lui. Il gémit comme une bête mortellement blessée, brandissant son arme. Nymphéa comprit, trop tard, qu'elle avait perdu la partie. Trois coups de feu retentirent, elle s'effondra. C'en était fini de ses rêves de grandeur.

Vincent sortit, fantomatique, parlant à voix haute dans la rue. Ses pas le dirigèrent au pied de la cathédrale. Il entra. Envahi de visions incohérentes, il parcourut l'immense nef, recommandant à Dieu son âme endolorie, dans un dernier sursaut de raison.

Au bout d'un moment, parmi ses prières qui résonnaient, il entendit des sirènes bourdonner à l'extérieur. Il ne prêta pas attention aux fidèles et visiteurs s'échappant en hâte par une porte latérale, pendant que se faufilaient des hommes en uniforme, courant se cacher derrière les piliers.

Il admirait maintenant une rosace illuminée par la lumière avec la même intensité que la nudité idéale de Nymphéa autrefois. Exalté par cet environnement sacré, il désira le firmament, là où régnait la paix des sens.

Il ne se souvenait plus exactement de ce qui s'était passé, mais il pressentait un drame qui l'attristait.

— Lâchez votre arme ! lui cria-t-on dans le dos.

— Quelle arme ? murmura-t-il.

Et, baissant ses yeux vitreux, il constata qu'une de ses mains serrait un pistolet. Celui de son père décédé. Ce fut une révélation : Nymphéa était morte. Il l'avait tuée. Il se souvint brusquement et pleura.

Entre-temps, Léonore, sa femme, parvint à déjouer le cordon de sécurité et à entrer. Arrivée à mi-chemin de son mari, elle s'arrêta brusquement. Vincent lui sourit pitoyablement et fit le geste malheureux de lever son bras armé. Une balle l'atteignit dans le cœur. Il mourut tandis que Léonore lui criait qu'elle attendait un enfant.

Ainsi disparut Vincent, des suites de cette maladie qu'on appelle pudiquement la passion et qui, si elle nourrit l'imaginaire des auteurs, peut s'avérer une folie contre laquelle il n'existe aucun remède sinon, peut-être, celui de toute raison garder.

AU SELF

Dominique LEBEL

*E*lles s'étaient regroupées suffisamment loin des alvéoles pour ne pas attirer l'attention. Il leur arrivait souvent de se tenir ainsi à l'écart et cette situation n'étonnerait personne, pensaient-elles. C'est qu'elles avaient quelque chose d'important à écouter – le discours de la ventileuse, qui leur avait été annoncé la veille en grand secret. Elles se devaient d'être très attentives, elles le savaient. Infiniment attentives, exactement concentrées.

Elles savaient faire, c'étaient de bonnes ouvrières, réputées et estimées. Elles avaient déjà fait leurs preuves. Et le discours allait commencer.

**

— Qu'est-ce qu'elles ont ce matin ? Regarde un peu par-là, tu les vois ?

— Mais qu'est-ce qu'elles font ? On dirait qu'elles veulent s'échapper, non ? C'est la première fois que je les sens nerveuses à ce point.

— Approche ta main, pour voir ?

— J'y vais, attends... merde !

— Oh, putain !

**

Elles étaient une vingtaine agglutinées contre le voile de l'homme qui venait de crier. Une vingtaine d'abeilles déchaînées, et le voile épais avait beau protéger son visage, l'attaque était pour le moins impressionnante. Et totalement inhabituelle, de la part d'un essaim aussi docile, pratiquement apprivoisé. Celle qui avait parlé devant son assemblée, perchée sur la plus haute des alvéoles, les avait très vite convaincues.

Elles décidèrent donc d'attaquer et il fut le premier. Elles en auraient bien choisi un autre, parce qu'à vrai dire elles avaient fini par s'attacher à lui, depuis le temps qu'il s'occupait d'elles. Mais elles faisaient ce qui était en leur pouvoir. Il se trouvait là, c'était lui qu'elles attaquaient.

Et alors le drame arriva. Car bientôt elles furent trente, quarante, cent guerrières, une vraie armée et elles parvinrent enfin à s'insinuer sous le chapeau de l'homme qui hurlait à en soulever le voile.

* *
*

— Prévenez les pompiers, on ne les contient plus, là ! Appelez vite, elles vont faire un carnage !

L'homme avait poussé un cri de bête, et puis il tomba par terre, inerte, le visage déjà démesurément enflé. Et elles l'abandonnèrent et l'on vit l'essaim s'éloigner.

Elles longèrent les rues de la ville en troupe épaisse, en rangs serrés, tandis que les passants hurlaient et se mettaient à courir, hébétés. De temps en temps, elles fondaient sur l'un d'entre eux, le terrassaient, le massacraient.

Elles s'en prirent même aux enfants et aux chiens.

— Et après ? Qu'arriva-t-il ?

— Après, d'autres essaims vinrent les rejoindre et, toutes ensemble, elles s'attaquèrent à une autre ville qui se trouvait à vingt kilomètres, et puis à tout le pays. Elles suivaient la direction de l'ouest, personne ne comprit pourquoi. Il fallut plusieurs camions de pompiers, dans chaque région, pour les chasser.

— Mais aujourd'hui, où sont-elles ?

— Ça, personne ne le sait. On dit qu'elles sont parties vers l'Amérique, où vivent quelques beaux spécimens de frelons. L'attrait du mâle, qu'est-ce que tu crois. Elles auraient traversé l'Atlantique, en suivant la direction des vents.

— J'espère qu'elles ne reviendront jamais !

— Qui sait ? Peut-être retrouveront-elles la raison, un jour. Et alors, nous leur rendrons leurs Reines, que nous avons gardées et soignées. Elles battaient des ailes, les pauvres souveraines, comme pour nous expliquer...

La folie des petites abeilles,

Qui ne voulaient plus obéir à leur Reine,

Et suivaient la course du soleil.

Elles se reposaient à présent dans des floraisons particulières, spécialement aménagées pour qu'elles puissent apprendre à butiner. Nous ne voulions pas qu'elles dépérissent, au cas où les ouvrières reviendraient.

*
* *

On m'avait raconté l'insurrection des abeilles, je l'avais écoutée d'une oreille distraite, car je n'ai pas d'intérêt pour les insectes en général, et les abeilles, guêpes, frelons et moustiques en particulier. J'ai été piquée deux ou trois fois dans ma vie et je m'en serais passée, j'avoue que je vivrais très bien dans un monde sans abeilles à l'horizon, d'autant que je ne mange jamais de miel ; ça m'écœure et ça fait grossir.

— Tu vas faire peur à la petite avec tes histoires tordues, arrête un peu. Et mange ton poulet, ça refroidit.

Arthur détestait que l'on écoute une autre personne que lui. Et qui plus est quand il s'agissait de Josiane. Josiane était première couturière et avait droit à l'attention générale quand nous nous trouvions au self. Il existe des prérogatives, ainsi, dans toutes les entreprises et surtout dans la haute couture, qui est très hiérarchisée. Et j'avais vite compris qu'une observation très stricte de ces prérogatives pouvait me garantir un bon rapport de stage.

Moi j'étais « la petite », la stagiaire nouvellement engagée. Je venais de finir mon CAP et j'avoue qu'une expérience pareille, dans une grande maison aussi renommée dans le monde, était pour moi inespérée.

On m'avait prévenue quand même : « Fais attention, la haute couture est un univers extrêmement difficile, à l'atelier on ne te laissera rien passer, on ne te pardonnera aucune erreur, même si tu es toute jeune. L'âge qu'on a n'a aucune importance dès que l'on franchit la porte d'un atelier, surtout celui de la coupe. Ce qui compte, c'est le résultat. Tu es ici pour participer à la création d'objets extraordinaires, que nous pouvons tous raisonnablement considérer comme des œuvres d'art, retiens ça. Et il te faudra toi-même être extraordinaire. Exceptionnelle. »

Tout ça m'a complètement paniquée au départ et puis, grâce à Josiane, qui m'a prise sous son aile, je me suis calmée. Je savais que je pouvais bien faire, que j'étais tout à fait capable de poser un patron sur un tissu sans faire la moindre erreur, même si ce tissu coûtait une fortune et même si c'était une soie qui vous filait entre les doigts. Je savais m'appliquer, j'avais appris ça au CAP, la précision du geste, la rigueur. Prendre le temps, se poser, observer, réfléchir avant de commencer. Et maintenir le tissu quoi qu'il arrive.

— Et prends ton temps, m'avait dit Josiane. Ici, on te permettra d'être un peu lente, jamais d'être maladroite.

Et j'avais compris à son sourire qu'elle était fière de me donner de tels conseils. Parce que l'atelier était sa vie, ça, je l'ai su assez vite.

Pas d'homme, pas d'enfants, juste un chat à ce que j'avais pu comprendre. Un chat caractériel qui lui en faisait voir de toutes les couleurs, mais c'était tout. Et les tissus et sa paire de ciseaux fétiche, surtout. Des ciseaux qu'elle se chargeait elle-même d'aller faire aiguiser dans une échoppe qui travaillait à l'ancienne.

À part ça, dans la vie de Josiane, rien.

**

Après le self ce jour-là et l'histoire des abeilles, nous avons regagné l'atelier comme d'habitude, sauf qu'Arthur faisait une drôle de tête. Arthur est le bras droit de JP Garnier, le créateur, l'artiste, le génie, notre patron à tous. Le big Boss, le maître. « Monsieur Garnier », c'est ainsi que tout le monde l'appelle ici. Je ne le vois pas souvent et tant mieux, parce qu'il m'intimide. Mais Arthur, lui, passe sa vie à l'atelier, il doit superviser notre travail et je dois dire qu'il a plutôt bon caractère. Seulement là, il ne disait plus rien. Il avait exactement la tête de quelqu'un qui a peur de l'arrivée imminente de quelque chose et je connais ce genre de tête, parce que j'ai une mère qui s'angoisse pour tout. Elle fait cette tête quand je ne viens pas la voir deux jours d'affilée et que j'arrive à l'improviste, et on dirait que je reviens d'un raid en Abyssinie. Elle fait cette tête quand elle prend l'avion, elle fait cette tête quand elle ouvre son four pour voir l'allure de sa tarte au citron, sa recette à elle. Arthur faisait exactement cette tête-là, sauf qu'il n'y avait pas de four dans l'atelier ni le moindre gâteau à manger.

Nous nous sommes remises au travail, Josiane coupait les pans du dos d'une veste et je finissais d'appliquer mon patron de jupe, on entendait le léger frottement extrêmement rassurant du passage de la lame des ciseaux sur le tissu – un superbe tissu à bouclettes en laine et soie, une merveille.

Et nous avons aussi entendu la voix d'Arthur, une drôle de voix un peu voilée :

— Franchement, Josiane, tu pourrais garder tes histoires pour toi. Tu pourrais aussi bien nous laisser déjeuner tranquilles.

Je ne pensais même plus à l'aventure des abeilles, je crois que j'avais oublié l'anecdote farfelue de Josiane, qu'elle n'avait même pas eu le temps de finir, mais tout ça avait l'air de perturber Arthur. J'ai levé les yeux vers lui, j'ai remarqué deux petites taches roses sous ses yeux – je connais ce genre de taches, je les ai si souvent vues sur le visage de ma mère.

— Ne fais pas attention à lui, m'a murmuré Josiane. Il est un peu tordu. Il a des sautes d'humeur, c'est courant dans le métier, tu verras.

— *Et qu'est-il arrivé ensuite ?*

— *Ensuite ? Eh bien la nouvelle s'est répandue, toutes les abeilles devenaient folles à lier, n'obéissaient plus à leur Reine et il a fallu convoquer tous les chimistes du pays, afin qu'ils trouvent une molécule suffisamment corrosive pour en venir à bout.*

— *Ils ont tué toutes les abeilles ?*

— *Un vrai massacre, oui. Un génocide. Mais il fallait bien le faire. Tu t'es déjà fait piquer ? Tu imagines une centaine d'abeilles devenues folles qui viennent t'attaquer ? Tu te rends compte du danger ? Il fallut deux mois pour éliminer toutes les ruches et c'était assez compliqué, puisqu'on tenait à épargner les Reines, qui n'étaient pas responsables de tout ce grabuge. On finit par les rassembler sur un terrain isolé, à vingt kilomètres d'ici. Au début, chacune restait dans son coin, puis peu à peu elles se rapprochèrent, on aurait dit qu'elles comprenaient ce qui leur arrivait. On leur avait aménagé des ruches artificielles, mais elles ne produisaient plus rien, privées de leurs ouvrières elles étaient finalement, malgré leurs premiers entraînements, incapables de faire quoi que ce soit. De vrais mollusques. Il n'y avait donc plus de réassort possible de miel dans les supermarchés, les rayons se sont très vite dégarnis, les clients ont perdu l'habitude de mettre du miel sur leurs tartines et les femmes se sont épilées à la cire, tandis que les usines se reconvertissaient dans la confiture.*

— Et personne ne s'est plaint d'un tel revirement ?

— Si : quelques associations de consommateurs, qui regrettaient l'abandon d'un produit naturel au profit de fabrications industrielles, l'éternelle histoire que tu connais. Mais ça n'est pas allé trop loin.

— Et les apiculteurs, qu'est-ce qu'ils ont fait ?

— Oh, pas grand-chose. Il leur a été très difficile de se reconvertir, la plupart se sont retrouvés au chômage. Il paraît même que quelques-uns se sont suicidés, parce qu'ils ne savaient plus quoi faire de leur vie... et puis vois-tu, l'apiculture est beaucoup plus qu'un métier. La plupart d'entre eux étaient très attachés à leurs ruches et savoir leurs petits trésors engagés dans une folie collective, franchement ça les a énormément perturbés. Imagine que ton chien perde la raison, tout à coup. Qu'il ne te reconnaisse plus et ne t'obéisse plus du tout.

— Qu'il me morde ?

— Pire que ça. Qu'il s'enfuie.

**
* **

Le lendemain, nous étions un samedi et je sais qu'Arthur ne travaille pas ce jour-là. Il est capable de passer à l'atelier le dimanche et les jours fériés, d'y rester une bonne partie de la journée pour vérifier l'avancement de la collection, mais le samedi, c'est sacré. Il prétend que sa religion lui interdit de travailler ce jour-là, mais Josiane a de gros doutes quant à cet argument.

— Il est juif quand ça l'arrange, son frère s'est marié à l'église, alors réfléchis une seconde.

— Il a pu se convertir...

— N'importe quoi !

On le soupçonne en fait de passer ses samedis auprès de monsieur Garnier, parce qu'on dit des choses à propos de ces deux-là, mais vous savez, je n'ai pas l'âge des ragots, ça a même tendance à m'exaspérer.

Alors ce que peut faire Arthur le samedi, franchement !

Moi, j'avais beaucoup de travail, parce que la date du défilé approchait et tout l'atelier s'en ressentait. Josiane parlait plus fort que d'habitude et elle circulait à petits pas bruyants, comme s'il y avait le feu sur le plancher.

— Tu n'as pas encore fini ta jupe ? Mais qu'est-ce que tu fabriques ? Ça n'est quand même pas compliqué de poser un morceau de toile à patron sur du tissu ! Mais quelle empotée !

Vous l'avez compris, l'empotée c'était moi, et je la trouvais infiniment injuste avec ses reproches, parce que je faisais vraiment ce que je pouvais.

Mais il y a des tissus qui glissent et il n'y a rien à faire contre ça.

Et celui-là était encore pire que les autres, un polyester impossible à faire tenir tranquille sur une table. Je le prenais, il m'échappait. Je le posais, il glissait.

— Il y a encore quelques années, pestait Josiane, tu n'aurais pas été embêtée avec ça, on ne travaillait que des matières naturelles, qui se tenaient tranquilles sur la table, des vraies merveilles. Mais tu sais ce que c'est, le progrès, et nous voilà avec des tissus qui ne se tiennent pas ! Des tissus récalcitrants !

J'ai quand même fini par y arriver et les quatre pans de la jupe se trouvèrent fixés, avec leurs repères bien dessinés à la craie. J'adore cette étape du travail, quand tout a été parfaitement préparé. Quand il ne reste plus qu'à couper. Mais on ne me laissera pas le faire, ils pensent tous qu'il est beaucoup trop risqué de laisser les ciseaux aux mains d'une stagiaire, si consciencieuse soit-elle, vu le prix de revient des tissus.

Alors j'ai regardé Josiane faire.

*

Et monsieur Garnier est entré.

Comment vous le décrire ? Il a perdu pas mal de ses cheveux, il ne lui reste plus qu'un bout de tignasse grise qui ne va pas du tout avec son visage, qui est resté très juvénile. C'est exactement ça, monsieur Garnier est un petit garçon trop vite vieilli. Sinon, il porte des lunettes noires qu'il n'enlève jamais. Il paraît qu'il vit la moitié de la semaine chez sa mère, qu'elle s'occupe de tout, de ses rendez-vous privés, de son linge. L'autre moitié, il la passe avec Arthur, dit-on à l'atelier. Mais personne n'est allé vérifier.

— J'ai changé d'avis pour le tailleur, a dit monsieur Garnier en regardant Josiane comme si elle était la Sainte Vierge descendue sur terre. Une illumination ! Une fulgurance ! Ça m'est venu d'un coup, en traversant la place de la Concorde.

Monsieur Garnier ne circule qu'à vélo dans les rues de Paris et je me demande comment il arrive à traverser cette place sans se faire renverser. « Tu ne le savais pas ? C'est le roi de la petite reine », m'a dit Josiane.

En attendant, le roi brandissait une feuille de papier grand format, sur laquelle il avait dessiné son idée géniale :

— Voilà ce que je veux, mes petites fées !

Et j'ai eu l'impression – mais peut-être que je me trompais – qu'il m'avait regardée. Et puis il est parti d'un pas léger. Quand il marche, il ressemble parfois à une sauterelle. Ou une libellule peut-être.

— *Et tout est rentré dans l'ordre ensuite ?*

— *Justement non, sinon il n'y aurait pas d'histoire. En général, il faut des enchaînements de faits.*

— *Et qu'est-ce qui est arrivé ?*

— *Eh bien, ça a commencé dans un appartement, au sixième étage. On a vu des fourmis partout, sous les tapis, derrière les tableaux accrochés aux murs, le long des rideaux, et même dans les deux salles de bains. Il y en avait visiblement plein les tuyauteries.*

— *Mais ça arrive, qu'on soit envahi par les fourmis !*

— *Pas de cette façon ! Parce qu'elles avaient l'air de circuler toutes dans le même sens, au lieu de s'affairer autour de quelques miettes à emmagasiner. Elles semblaient suivre un chemin, sans se soucier de trouver quelque chose à manger. Elles avançaient toutes en colonnes serrées vers le fond de l'appartement, où se trouvait le bureau du propriétaire. Et là, elles se tassaient contre le mur comme devant un obstacle infranchissable et il y eut très vite un énorme magma de fourmis agglutinées.*

— Quelle horreur ! Et qu'est-ce qu'ils ont fait ?

— Que voulais-tu qu'ils fassent ? Ils les ont piétinées autant qu'ils le pouvaient, tu sais, comme on piétine le raisin. Un vrai carnage. Il paraît que le propriétaire a mis des semaines à s'en remettre.

— Et après ?

— Tu imagines la suite, d'autres colonies de fourmis ont suivi le même chemin, dans d'autres appartements, un peu partout dans la ville. « Elles s'en vont vers l'ouest », déclarèrent quelques grands esprits. « Vous avez certainement entendu parler de la ruée vers l'ouest, eh bien les fourmis font la même chose et nous ne savons absolument pas pourquoi. Sans doute ont-elles perdu le sens commun. Toujours est-il que nous nous trouvons là face à une fuite éperdue vers un point de la planète. Et pourquoi ? Nous n'en savons rien. D'où l'idée d'un dérèglement du comportement. Ce que nous appelons, nous, folie ».

— Mais pour parler de folie, il faut qu'il y ait une psychologie, n'est-ce pas ?

— Les animaux en ont une, comme tous les organismes vivants, qu'est-ce que tu crois ? En tout cas, les fourmis se trouvaient là en plein délire.

*
* *

Il nous fallait donc tout recommencer, reprendre la collection à zéro. Vous auriez vu la tête de Josiane !

— Bon, eh bien d'accord, nous allons y passer la nuit.

Elle avait un air résigné et a ajouté que ce n'était pas la première fois qu'une telle fantaisie arrivait, que monsieur Garnier était connu pour ses sautes d'humeur et ses changements de cap, qu'il avait déjà fait le coup plusieurs fois.

— Un jour, voilà qu'il n'a plus voulu un seul pantalon. Que des jupes ! Tu aurais vu ce travail, tous les patrons à redessiner, des kilomètres de tissu bons à jeter à la poubelle ! Mais je dois dire que la collection a connu un succès fabuleux, cette saison-là. Au fond, il devait avoir raison.

Josiane a baissé la voix, s'est penchée vers moi et m'a dit : « Tu sais quoi ? Ce type est un génie ! »

Nous nous apprêtions donc à travailler toute la nuit – j'aurais fait n'importe quoi pour qu'on soit content de moi, alors vous pensez bien que je n'ai pas rechigné.

Nous avons fermé les volets, afin de nous isoler du monde, nous allions commencer le travail…

Quand un cri a déchiré le silence. C'était comme un cri d'oiseau, vous savez, quand leur chant se transforme en plainte. Un son à vous vriller les oreilles.

Et Arthur est entré dans l'atelier.

Vous voulez savoir dans quel état il était ? Parce que c'était lui qui criait et…

Tenez, j'ose à peine vous le décrire : il titubait, était couvert de sang, percé de toutes parts d'un bon millier de piqûres d'épingles. Une quantité incroyable de petites billes colorées gigotait à chacun de ses mouvements et c'était terrifiant de le voir souffrir ainsi, à chaque pas qu'il faisait.

Nous n'avons jamais compris ce qui s'était passé, Josiane a appelé les pompiers et nous avons tenté d'enlever toutes les épingles qui le recouvraient. Mais il hurlait tellement ! Et ce sang qui coulait !

*
**

Quand les pompiers sont arrivés, ils n'ont rien compris eux non plus :

— On n'a jamais vu une chose pareille, ont-ils dit. Mais qui lui a foutu toutes ces épingles ? Dites, Monsieur, vous pouvez parler ?

Mais Arthur restait muet, affalé par terre, visiblement terrorisé.

Et puis monsieur Garnier est entré de son pas léger et j'ai été très étonnée sur le coup, parce qu'il n'avait pas ses lunettes noires, c'était la première fois que je voyais ses yeux, je crois bien. Il avait deux yeux très globuleux et j'ai pensé – je sais que ce n'était vraiment pas le moment, mais cette idée m'a traversé l'esprit – qu'il avait bien raison de porter des lunettes de soleil, parce que franchement, sans ses verres il n'était pas très beau.

Il a salué tout le monde avec son sourire habituel, celui qu'il réserve aussi aux fins de défilés quand tout le monde l'applaudit et je l'ai entendu déclarer – je vous jure que je n'invente rien :

— Puisque vous êtes tous là, ça tombe bien, j'ai quelque chose à vous dire : je dois vous laisser avancer la collection sans moi, je m'en vais quelques jours, j'ai des clients à voir... des clients importants, aux States, sur la côte ouest.

Puis il a tourné la tête en direction d'Arthur, s'est penché vers lui et l'on a entendu – on a entendu très distinctement, je vous l'assure – comme un battement d'ailes qui bousculait l'air et la voix soudain très aiguë de monsieur Garnier qui ajoutait :

— Soignez-le bien, il n'a pas l'air très en forme. Et rangez-moi toutes ces épingles.

L'AMOUR AIGUISÉ

Karl AUPREY

Elle avait l'habitude de se lever à 9 heures. Elle avait l'habitude de prendre son thé, deux biscottes nappées de confiture, un kiwi et un yaourt sans sucre, de se doucher et de se préparer au moins une heure devant la glace. Sans forcer sur le fond de teint, ni le fard et encore moins le rouge à lèvres. C'était comme une sorte de rite, une drogue du matin où le compte à rebours d'une journée chronométrée s'enclenchait. Elle cauchemardait si, le soir où elle entamait une veillée rythmée, on l'appelait pour modifier le planning du lendemain. Un cyclone de craintes, une spirale d'idées noires brouillaient son endormissement jusqu'à provoquer une insomnie. L'idée d'être chamboulée dès la sonnerie du radio-réveil la malmenait et se réverbérait toute la nuit en spectre imaginaire dans l'immense glace de la penderie de sa chambre à coucher.

Ce soir-là, la pendule indiquait 22 h 30 et la nuit, en cette fin de mois de mai, était déjà bien entamée. Maesilla se couchait. Un peignoir humide pendait à la poignée de la porte de sa salle de bains qui donnait dans sa chambre, une serviette était posée sur la chaise. Ses habits, bien repassés, triés et posés sur la petite table dans l'ordre de leur enfilade, dictaient le ton de la journée du lendemain pour celle ou celui qui appréciait les habitudes de la jeune femme depuis des années. Mais personne ne les appréciait, selon elle.

Maesilla vivait seule.

22 h 35. Le téléphone sonna.

La jeune femme ôta ses boules Quies, s'assit dans son lit et scruta le radio-réveil. Après un laps de temps très court, elle décrocha.

— Oui ?

— Maesilla, bonsoir. C'est Adrien-Benoît à l'appareil. Je vous dérange ?

— J'étais couchée.

— Pardonnez-moi. Je ne pensais pas qu'une jeune femme comme vous se couchait de bonne heure. Mais je vais être bref. Êtes-vous disponible demain soir ?

— Demain soir ?

Maesilla s'exclama comme si on lui demandait de travailler toute la nuit.

— Pfouuuuuu !

— On rentrera pas trop tard, vous verrez. Je vous expliquerai rapidement, mais entre deux plats… J'espère que vous aimez le filet de perche, ou les asperges ?

— Je ne suis pas difficile, je ne mange jamais.

— Alors ?

— C'est d'accord, mais pas au-delà de 22 h 30.

Adrien-Benoît copinait avec Maesilla, car ils se côtoyaient. Non pas au travail, mais parce qu'ils prenaient le même bus tous les matins à 7 heures et descendaient au même endroit, quarante-cinq minutes plus tard.

Elle traversait ensuite la rue pour officier à la mairie, tandis que lui pénétrait rapidement dans le sas cossu de son cabinet d'assurance. Adrien-Benoît était fou amoureux. Gentleman, il s'était borné à cerner petit à petit la vie de sa compagne de trajet pour, un jour, lui déclarer sa flamme.

Lorsque Maesilla s'endormit, il devait être 3 heures du matin. La préparation matinale s'avéra plus complexe, elle l'avait pressenti, histoire de gommer les marques noires sous ses yeux.

Ils s'assirent dans un coin du restaurant, une table de quatre, transformée en deux places pour l'occasion. Maesilla avait des cheveux châtains qui, ondulés de part et d'autre de son crâne, tombaient harmonieusement sur ses épaules. Ses yeux gris clair se reflétaient à travers des lunettes aux bords rouges, mais discrets.

Toujours habillée de jeans serrés ou de pantalons droits en nylon, noirs, surmontés de petits hauts de toutes les couleurs, Maesilla était élégante. Elle se comparait souvent aux autres représentantes de la gent féminine de son lieu de travail. Une vraie compétition. Toutes riaient lorsque le maire déboulait dans le couloir, pour ensuite se transformer en ménagères ronchonnes et critiquer la voisine.

Adrien-Benoît tint la chaise pour que Maesilla se mette à l'aise. Ils dînèrent. L'homme, droit comme un i, plus grand que la moyenne de ses congénères, amortit les piques d'une demoiselle déjà vieille fille à 30 ans. Maesilla lui confessa cependant qu'elle souffrait de solitude, mais que rares étaient les mecs originaux. Abordée par les conseillers municipaux, Maesilla endurait la maladresse des hommes qui désiraient tromper leur femme sans en assumer les conséquences.

Elle appréciait cependant son camarade de bus, car il lui avait fichu la paix pendant toutes ces années. Et elle trouvait que son côté gentleman ne lui était pas indifférent.

— Vous souffrez ? demanda-t-elle.

— Comment ?

— Je demande si vous souffrez.

— De quoi ?

— De moi.

Adrien-Benoît ne sut quoi répondre.

— Je déstabilise n'importe quel homme, mais vous êtes spécial.

— Ah ?

— C'est tout ?

— Ben, à vrai dire…

— Vous êtes trop timide pour me faire la cour, pourtant, vous bouillez. Ressaisissez-vous.

Elle passa ses mains dans ses cheveux et les plaça derrière ses oreilles. Elle inclina la tête.

— Je vais vous faire une confidence, dit-il.

— Tous les hommes ont des confidences à faire à la jeune femme qu'ils convoitent.

— Soyez moins incisive, qu'avez-vous à reprocher aux messieurs ?

— Rien, ou pas grand-chose : vous êtes maladroits. Premier point. Vous êtes rien sans nous. Second point. Vo…

— Stop !

— Vous osez ? dit-elle en riant.

— Oui. Je vous aime.

— Au moins, vous êtes direct. Mais c'est non.

Pendant deux ans, ils suèrent ensemble dans le même bus. Elle, toujours impeccable, lui, toujours stressé.

Un soir, elle lui annonça, un vendredi à 18 heures :

— Vous faites quoi ce week-end ?

— Je ponds des poèmes pour me protéger de la solitude.

— Vous m'emmenez ?

— Où ?

— Dans vos poèmes…

— Vous plaisantez ?

— Non.

— Alors je vous emmène en Auvergne.

Ils flirtèrent. Ils consommèrent. Ils s'enlacèrent chaque minute.

Mais elle conserva son appartement, et lui, le sien. Chacun squattait le logement de l'autre, un week-end sur deux et vice versa.

⁎⁎⁎

Trois ans plus tard

— Maesilla ?

— Quoi ?

— Nous ne partons jamais en vacances ensemble. Je suis comme l'ours du début, j'attends…

— Tu sais que j'accueille ma mère pendant mes congés et que je ne peux faire autrement.

— Oui, mais tu ne les prends pas tous, tes congés.

— Non, et alors ?

— J'aimerais que tu les prennes avec moi.

— Tu sais ce que j'ai vécu avec ma mère. Nous avons fui mon père, j'avais 14 ans. Il la battait. Elle s'est démerdée toute seule. Elle n'a pas une tune. Je lui dois la vie, et donc, je lui offre quelques vacances qu'elle ne peut pas se payer.

— J'entends bien.

— Alors, si tu entends, attends.

*
* *

Adrien-Benoît attendit. Trois années défilèrent encore. À la fin de la sixième, elle consentit à voyager en Crète. Dix jours intenses, dix jours de lune de miel où les secrets les plus légers, les plus lourds aussi à porter, s'échangèrent. Ils revinrent, complices comme après trente ans de mixage de passions, d'émotions et d'aventures.

De temps en temps, Maesilla montait chez sa mère, à une centaine de kilomètres. Parfois, elle y passait quelques jours, parfois, le week-end. Sa mère vint deux ou trois fois et serrait bien fort contre elle le petit ami de sa fille chérie, persuadée qu'il était le prince charmant, responsable du réveil tardif de la jeune femme.

— Adrien-Benoît, vous êtes équilibré et patient. Il vous manque des enfants.

— Maman, je n'en veux pas avant 40 ans.

— Dans trois ans, je ne serai peut-être plus de ce monde, chère enfant.

— Si tu pars, je partirai, tu le sais bien, maman ! Et puis, si tu essayais d'aller un peu plus souvent chez le médecin pour qu'il assure le contrôle technique périodique, ça ne serait pas plus mal, hein ?

Les oreilles d'Adrien-Benoît lui transmirent des vibrations. Il frémit. Mais ses préoccupations s'annihilèrent avec la présence de Maesilla, presque tous les jours.

Au tout début du mois de janvier, cette année-là, Maesilla appela machinalement le domicile de sa mère.

— Ça va ?

— Oui.

— Tu es sûre ? Tu as la voix éraillée.

— J'ai mal à la gorge.

— Depuis combien de temps ?

— Deux semaines.

— Et tu m'as rien dit. Merde à la fin, tu es incorrigible. Tu ressens quoi ?

— Je peux pas avaler et je tousse beaucoup.

— Tu as pris rendez-vous ?

— Non.

— Laisse tomber, j'arrive.

Maesilla revint deux jours plus tard, la mine déconfite et les yeux cernés.

— Qu'arrive-t-il, ma chérie ?

— Maman a un cancer du larynx. Tu comprends, elle va mourir à petit feu, étouffée.

Adrien-Benoît enlaça sa compagne fortement, puis, quelques minutes plus tard, il proposa :

— Elle doit venir ici.

— Chez moi, c'est trop petit.

— Réfléchis, venez à la maison.

— Tu es sérieux ?

— Oui, pourquoi ? Je t'aime et je ressens cet amour pour ta mère également. On sera pas trop de deux pour assurer la logistique.

Les séries de chimiothérapie débutèrent, accompagnées de séances de radiothérapie aux doses maximales.

Le bilan au bout de trois mois fut catastrophique. La tumeur occupait la place d'une orange dans le haut de la poitrine. Maesilla ne dormait plus. Elle passait ses journées à la radiothérapie et remplissait les documents administratifs, car sa mère n'était jamais allée à l'hôpital. Les soirs, alors que la fatigue se lisait sur son visage, Maesilla caressait une joue de son homme et déclarait :

— Va te coucher, je ne peux m'endormir que devant la télé. Ces émissions nulles m'entraînent dans la quatrième dimension. J'oublie. Je ne bascule en général pas avant 3 ou 4 heures.

— Tu tiendras pas le coup. Tu as vu ta tête ? Tu as pris dix ans en trois mois.

— Je sais…

— Je peux te masser, tu sais, les massages sont bons pour le stress.

— T'inquiète pas.

— Facile à dire…

Maesilla se recroquevilla au fur et à mesure des analyses pessimistes des médecins.

Elle avait installé une chambre à part, dans le fond de l'appartement. Sa mère dormait dans l'autre pièce, destinée d'habitude aux visiteurs.

Un jour de juin, Adrien-Benoît ouvrit la porte et s'enquit :

— Tu manges ?

— Non.

— Et ta mère ?

— Elle a mangé à 18 heures.

— Tu ne dors plus, tu ne t'alimentes plus… Tu n'aides pas ta mère.

— C'est comme ça.

— Comme ça ? Tout le monde ne se rend pas malade des cancers des autres. Il faut lutter pour aider la personne malade. Si elle sent que son entourage baisse la garde, elle s'épuise encore plus vite et se démoralise.

— Pour ce qui l'attend…

— Le dernier PET scan n'est pas si mauvais.

— Elle rechutera.

— Arrête d'être pessimiste. Viens dans mes bras.

— Non. Tu sais, ma libido, ça fait longtemps…

— … Que tu n'as plus rien, oui, je sais…

Début août, la mère de Maesilla fut admise aux urgences. Les médecins soupçonnaient une embolie pulmonaire. Adrien-Benoît était profondément endormi lorsqu'il entendit un « Ahhhhhhhhhhh ! »…

Un cri surnaturel, une poussée à la fréquence incroyable.

Il déboula dans la chambre de sa compagne.

— Ma chérie…

— Ahhhhhhhhhhh ! Je vais tous les tuer, je vais les tuer…

— Qui ?

— Tous, ils font rien pour ma mère… Ahhhhhhhhhhh !

— Maesilla, calme-toi.

Elle se leva, livide, les yeux enfoncés dans leur orbite. Elle parcourut la chambre. Puis, d'un geste brusque, elle attrapa la télévision et la défenestra. Elle bavait et s'approchait de son homme.

— Maesilla…

Il l'agrippa par les avant-bras, la fixa et déclara :

— Tu n'es pas bien, mon amour.

— Je vais les tuer… je vais les tuer…

Elle repoussa ses mains et commençait à donner des coups de pied dans l'armoire et le lit.

— Putain… Putain de vie… Putain de merde…

Adrien-Benoît composa le numéro d'urgence. Les médecins du SAMU arrivèrent en huit petites minutes. Huit minutes de cauchemar, de violence, de haine, de destruction. Elle les dévisagea.

— Vous êtes qui, vous ?

— Madame, calmez-vous.

— Vous êtes des incapables. Je vous maudis.

Ils s'approchèrent. Elle serra les poings, se crispa et sauta sur l'équipe de soin avec une violence extrême. Le médecin urgentiste activa son portable à alarme de détresse. Les policiers, accompagnés des infirmiers du centre psychothérapique, surgirent un instant plus tard.

— Je vous hais, je hais la société, ma mère va crever, et vous, vous me faites mal. Les hommes ont tué ma mère.

Ils se reprirent et, à cinq, réussirent à bloquer la jeune femme. Des tranquillisants lui furent administrés. Puis l'ambulance l'emmena vers la clinique psychothérapique.

**

Deux mois plus tard

Les visiteurs frissonnaient sous la fraîcheur du mois de septembre et cherchaient un coin de soleil dans la cour végétalisée du centre de soins. Quelques patients sortaient, bras dessus bras dessous avec leur famille.

D'autres, derrière les grilles, vérifiaient si quelques connaissances se détachaient sur le parking.

Maesilla sortit. Elle serrait, dans sa main, celle d'Adrien-Benoît.

— Comment va ma mère ?

— L'état est stationnaire. Elle doit repasser un PET scan le 22 octobre.

— Tu t'es occupé d'elle ?

— Comme si tu étais là, ma chérie.

— Excuse-moi.

— Ne parlons plus de ça.

— Si, parlons-en.

— Pourquoi ?

— Je vais te demander une chose.

— Oui ?

— Si je recommence, tue-moi.

— Maesilla !

— Je ne supporterai pas d'être séparée de ma mère. La laisser à ces hommes qui ne méritent rien.

— Pense plutôt à elle, elle a besoin de toi. Tu sais, elle lutte, elle garde le moral. C'est une battante. Je suis sûr qu'elle tiendra. Le moral, c'est quatre-vingts pour cent du résultat.

Maesilla, avec la tendresse d'une fille qui adore sa mère, la serra fortement dans ses bras dès le perron franchi. Elles disparurent dans la chambre.

*
**

22 octobre, 13 heures

Les deux femmes monopolisaient la salle d'attente du spécialiste. Il sortit, environ une heure après l'examen. Il serrait une enveloppe verte de grand format. Solennellement, il la lui tendit.

— Tenez, voici le résultat.

Maesilla l'ouvrit et découvrit la présence de métastases dans le sang de sa mère. Elle referma l'enveloppe, salua le praticien.

SMS de 14 h 45 : « Maman est métastasée. C'est foutu. On rentre. »

Pendant deux semaines, Maesilla demeura prostrée dans sa chambre. Cependant, elle souriait à sa mère qui, elle, trouvait encore le temps de plaisanter et de vouloir prendre l'air avant l'hiver.

— On va se balader, chérie ?

— Yes, maman, allez, couvre-toi.

Adrien-Benoît assurait les courses et la cuisine. Des plats préparés et des concentrés de protéines étaient préconisés par l'oncologue. Les malaxer avec une nourriture saine et odorante s'imposait, pour que les nausées dues au traitement ne prennent le dessus.

Début novembre, les forces physiques quittaient petit à petit Yvette. Elle et Maesilla se pointaient pour manger, enfin, pour grignoter puis jeter la majeure partie de la nourriture. Ensuite, elles réintégraient leur chambre respective. Adrien-Benoît se retrouvait seul.

*
* *

18 h 50, en ce vendredi 25 novembre

Yvette dormait depuis près de trois jours. Le soir, elle se relevait pour se nourrir difficilement. Maesilla ouvrit la porte de sa chambre. Elle progressait en direction de la cuisine. Adrien-Benoît entendit un souffle rauque, une plainte à la fréquence lente et peuplée de vibrations.

Il se retourna. Maesilla le fixait, le visage rouge sang.

— Tu as tué ma mère.

— Maesilla !

— Tu as tué ma mère !

Il vociféra.

— Maesilla, arrête !

Elle posa chacune de ses mains sur les épaules de l'homme. Elle hurlait avec une tonalité insoutenable.

— Tu as tué ma mère et maintenant, tu m'as tuée aussi !

— Maesilla, dit-il en baissant la voix, tu m'épuises. Je suis très très fatigué.

— Tu es mort, Adrien, je vais te tuer.

— Tu es fatiguée, chérie ! Tu perds la tête.

— Oui, et je sais que je vais mourir, tu vas me tuer. Pour que je ne souffre pas. Alors, autant que je te punisse avant que tu accomplisses ton forfait. Tu as tué ma mère, tu nous as tuées… Tu nous as fait griller à petit feu. Ma mère est bientôt morte. Alors, je souhaite sincèrement t'économiser cet horrible abandon. Je ne souhaite pas que tu souffres de mon absence, de mon départ. Il ne me reste qu'une chose : te supprimer, chéri.

Elle est dingue, elle ne va pas exécuter ce qu'elle dit ?

— Maesilla, mon amour, je t'aime à la folie. Je suis allé te chercher pour te sortir de cette solitude, pour te montrer que les hommes, certains hommes, méritent une attention, celle de la femme qu'ils aiment. Je t'ai sauvée, je t'ai protégée, j'aime ta mère, et je me suis occupé d'elle. Jusqu'au bout.

— Le bout, oui, voilà le bon mot. Le bout. Mais ce bout est inachevé. Il faut que je te supprime, tu comprends ? Il faut que je règle mes comptes. Les hommes sont des lâches, des brutes et des profiteurs.

— L'homme que tu aimes est un homme, tout simplement, amoureux.

— Tu mens. Ma mère ne méritait pas cette maladie avec ce qu'elle a déjà enduré. Ma mère méritait la joie, l'amour et l'attention. Elle n'en a jamais eu, de l'attention. Même de toi… Elle ne te connaît pas. Tu n'es jamais monté chez elle.

— Tu préférais y aller seule. Je te l'avais demandé, mais tu as toujours refusé.

— Tu mens. Tu mens comme ceux de ta race. Je te hais, je te hais.

Les mains glissèrent sur le cou. Elles se durcirent. Les doigts s'enfoncèrent dans la peau. Adrien-Benoît planta ses ongles dans les poignets. Il tira, il sectionnait les tissus. Mais rien n'y faisait. Les pouces pressuraient la carotide. L'inspiration devenait impossible. La chaleur monta en lui, la vue se troubla. Il se concentra une dernière fois sur ses doigts et ses ongles. Ses dernières forces furent expulsées. Puis il perdit connaissance.

L'homme était à terre, sur le côté, le visage tuméfié et bleu. Des lambeaux de peau s'accrochaient encore sous ses ongles. La chaleur du radiateur garantissait la tiédeur des lieux. La proximité de son rayonnement caressait les habits du corps.

— Il dort ?

— Oui, maman, il s'est allongé là, on discutait et il s'est endormi.

— C'est beau de s'endormir comme cela. J'aimerais tellement dormir sereinement.

— Sereinement, oui. Je crois que tu as trouvé le bon mot.

— On mange ?

— Oui. Après, tu vas vite au dodo, ma chérie.

— Oui. Tu sais, les repas de ton homme sont délicieux, heureusement qu'il fluidifie mes pots de yaourt visqueux…

— Tu dois continuer à manger et à ne pas perdre du poids.

— C'est amusant, il dort bien.

— Je le réveillerai tout à l'heure, sinon, il va encore se plaindre d'insomnies.

— Tu lui manques.

— On manque à ceux qui sont séparés géographiquement, pas à ceux qui vivent sous le même toit.

— C'est drôle…

— Il ressemble, oui…

— Le premier fils de mon père.

Le manque rend dépendant.

LE SYNDROME DU POISSON ROUGE

Madeline DESMURS

*E*n France, une idée reçue affirme que les poissons rouges n'auraient que trois secondes de mémoire et qu'ainsi, ils ne seraient pas tristes dans leur bocal.

Mais qu'est-ce qui m'a pris ? Il faut être cinglée pour en arriver là. Moi qui suis pourtant tellement prudente, qui ne déroge jamais à mes habitudes. J'avais une vie simple et sans surprises. Et ça me convenait parfaitement. Il y en a que la routine agace, mais moi, elle me rassure. Je suis comptable. C'est un emploi qui demande de suivre exactement les règles, pas de place pour l'improvisation. Chaque somme doit être imputée sur le bon compte. La balance doit être équilibrée. Le total des débits doit être égal au total des crédits. Rien ne s'improvise, rien ne dépasse, tout est carré, sans fioritures. Je suis très bonne dans mon travail. Je suis toujours la première arrivée et la dernière partie. Je ne prends jamais de pause avec les autres personnes du service et je ne les fréquente pas en dehors non plus. J'ai mon thermos de tisane aux plantes bio. Je fais très attention à ce que je mange. C'est important. Je ne suis jamais malade et je n'avais jamais manqué une seule journée jusqu'à ce fameux jour.

Je travaille pour cette société depuis quinze ans et, depuis le début de ma carrière, je suis au même poste. Je suis célibataire. Je n'ai jamais vraiment eu envie d'avoir quelqu'un dans ma vie. Partager l'existence quotidienne d'une autre personne serait une vraie torture. Chaque chose à sa place et une place pour chaque chose. Je me lève, me couche et mange à heures fixes. J'apporte mon repas que j'avale sur mon bureau. Je ne vais jamais à la cantine ni au restaurant, encore moins dans les bars ou les cafés. Mes journées sont organisées selon un emploi du temps défini à l'avance. Il en est de même pour mes vacances. Je n'aime pas être prise au dépourvu. Je déteste les surprises. Je me lève à 6 heures tous les matins, même le dimanche. Je petit-déjeune toujours la même chose, une tisane, des biscuits sans gluten, un fruit qui varie selon les saisons et un yaourt nature sans sucre. Je nettoie l'appartement, dépoussière, balaie – depuis que mes voisins de dessous se sont plaints du bruit de l'aspirateur – et passe la serpillière. Je change mes draps. Je donne à manger à mon poisson rouge. Je fais ensuite quelques mouvements de gym et je passe à la salle de bains, douche, brosse à dents, vêtements choisis la veille, crème hydratante, maquillage léger, brosse à cheveux. Toujours dans ce sens. Je pars ensuite travailler. Il me faut une demi-heure pour effectuer le trajet. Je pars toujours plus tôt. Je n'ai jamais été en retard depuis quinze ans que j'occupe mon emploi. Cette rigueur, je la dois à mes parents. Jamais de place pour l'improvisation, ma vie a toujours été réfléchie à l'avance. Ma mère a pris les décisions qui convenaient à mon éducation. Elle m'a dit : « Tu seras comptable, c'est un métier sûr ». Elle continue de m'acheter mes vêtements, tailleur simple et de couleur sobre, jupe légèrement au-dessus du genou, collants de couleur chair pour le travail. Pour le week-end et le sport, j'ai des tenues plus décontractées, mais pas une seule paire de jeans. « C'est pour les négligées, répète ma mère, et tu n'es pas une négligée. »

Je l'appelle deux fois par semaine, le lundi et le vendredi à 19 h 30 exactement. Nous conversons une vingtaine de minutes, je n'oublie jamais de prendre des nouvelles de papa et de Grisou, le chat de 10 ans. Sortir des sentiers battus me terrorise. Je ne prends jamais un chemin que je ne connais pas juste pour savoir où il mène. Je ne parle jamais d'un sujet sans avoir pris soin de me renseigner, pour ne pas dire de bêtises.

Alors comment je me suis retrouvée là, à moitié nue, les orteils accrochés au-dessus du vide ? L'eau claire donne une idée de la profondeur, mais le fond reste invisible. Pourtant je vais devoir prendre une décision rapide. Je n'ai plus que quelques minutes. Il faut que je saute.

Je n'ai pas d'autre choix. Mais si ma mère m'a appris bien des choses, elle en a oublié une qui aurait pu m'aider en ce moment délicat. Elle ne m'a jamais appris à nager. Je ne sais pas comment tout ça a pu arriver, mais me voilà dans de beaux draps. En fait, si, je sais comment j'en suis venue à être dans cette situation, mais je n'arrive toujours pas à comprendre comment, moi si raisonnée, si raisonnable, j'ai pu me laisser embarquer dans cette histoire.

*\
**

Le poisson rouge est un animal de compagnie parfait. Il est propre, silencieux, peu encombrant et il n'a pas d'élans d'affection intempestifs.

Tout a commencé le vendredi 13 mars. J'aurais dû me douter que cette journée ne serait pas comme les autres. J'ai retrouvé mon poisson rouge sur le dos, flottant, l'œil glauque, dans son bocal. J'ai récupéré son petit corps avec l'épuisette et, après un dernier coup d'œil, je l'ai vu disparaître dans la cuvette des toilettes, emporté par le flot de la chasse d'eau. Je me suis imaginé son parcours dans les tuyaux jusqu'aux égouts pour finir dans une rivière, becté par les autres poissons, une belle mort pour un poisson né en captivité. J'ai ouvert le pot de nourriture et j'ai mis deux pincées dans le bocal vide, par habitude.

Ce soir, j'achèterais un nouveau poisson. Je n'aime pas le vide. Le vide, c'est angoissant. Il laisse une multitude de choix pour le remplir et le choix, c'est le chaos. Chacun peut y aller de son avis. L'erreur est toujours possible et ça, ce n'est pas possible. Je ne me laisse jamais envahir par le vide et je ne laisse aucune place aux imprévus. Tout est décidé à l'avance, pas de choix, pas d'angoisse.

Pourtant, le 13 mars fut un jour différent. Pour la première fois de ma vie, j'allais prendre une décision et, bien que ma mère m'ait prévenue, cette décision – comme elle l'avait prédit – allait mettre le chaos dans ma vie si ordonnée.

Le froid m'avait mordu les joues à peine la porte passée. J'avais remonté l'écharpe en laine sur mon nez et ouvert mon parapluie. Les flocons de neige voletaient autour de moi. Par moments, les bourrasques les balançaient contre mon visage rougissant. Mon parapluie combattait vaillamment les assauts de l'hiver, se tordant sans jamais céder. J'avais remonté l'écharpe jusqu'au-dessous de mes yeux. Ma respiration haletante, emprisonnée dans les maillons de la laine, compliquait ma progression.

Je jetai un coup d'œil sur la croix verte clignotante de la pharmacie : 8 h 33. J'avais trois minutes de retard. Je tenais à être à mon bureau avec dix minutes d'avance, toujours. Je décidai de marcher plus vite en allongeant la foulée. Les flocons continuaient à fouetter le peu de peau qui était encore visible. Je penchais le parapluie vers l'avant, mais le vent le rabattait sans cesse à l'arrière. Je le fermai et baissai la tête. J'avançais à l'aveuglette, longeant le bord du trottoir. Je marchais d'un pas rapide. « La petite pause », l'enseigne du café, me donna l'indication que j'avais rattrapé les trois minutes qui me faisaient défaut. Plus que quelques pas et j'arriverais devant la porte de la société.

Je ne le vis pas arriver. Nous nous rentrâmes dedans de plein fouet. C'est à cet instant que ma chaussure rencontra une plaque gelée. Je perdis l'équilibre et, avant de comprendre ce qui m'arrivait, je me retrouvai écrasée sur le sol. L'homme qui venait de me percuter s'étalait de tout son long sur moi. Je sentis une vive douleur à l'arrière de ma tête quand celle-ci rencontra le bord du trottoir. La masse épaisse qui écrasait mon thorax se souleva en s'excusant. Je mis quelques secondes à retrouver mes esprits. Une bosse grosse comme une boule de pétanque s'installait sur l'arrière de mon crâne en distillant une douleur telle que je sentais mon cœur battre dans mes tempes. J'étais affalée dans la neige, la tête dans un étau et la vue brouillée. J'entendais des voix lointaines, obscurcies par le bourdonnement dans mes oreilles. Je sentis une main effleurer la mienne.

— Ne me touchez pas ! criai-je avant de m'effondrer.

Quand je repris connaissance, j'étais dans le camion des pompiers. Un jeune sapeur me sourit en voyant mon regard vitreux se poser sur son visage juvénile. Ma tête me faisait toujours un mal de chien.

— Comment vous sentez-vous ?

— Nauséeuse.

J'avais la gorge sèche et le collier cervical m'enserrait le cou comme deux grosses mains qui auraient essayé de m'étrangler.

— Vous suivez la petite lumière, s'il vous plaît. Vous vous appelez comment ?

— Clothilde Paray.

— Clothilde, vous vous rappelez ce qui vous est arrivé ?

— Je suis tombée. Pour être plus exacte, quelqu'un est tombé en m'entraînant sur le sol avec lui.

— Vous avez percuté un monsieur et vous avez glissé ensemble sur une plaque de glace. Le monsieur n'a rien. Vous avez bien amorti sa chute, constata le jeune homme en souriant.

— On dirait que cela vous amuse, mais en voilà bien des soucis. Je me retrouve dans une ambulance qui m'emmène je ne sais où. Je ne serai jamais à l'heure pour prendre mon poste. Mon Dieu ! Quelle heure est-il ? Je dois prévenir mon patron.

— Ne vous inquiétez pas, dans la foule se trouvaient plusieurs de vos collègues de travail. Ils se chargeront de le lui dire.

Formidable ! En plus d'être en retard, je serais le sujet principal de leurs conversations. Je détestais que l'on parle de moi. Je ne voulais pas être le centre d'attention. C'est bien pour cela que je refusais de fêter mon anniversaire ou tout autre événement susceptible d'être en mon honneur.

En sortant de l'hôpital, je vociférais encore contre l'incompétence du personnel soignant. J'avais dû rester toute la journée dans un box à attendre que l'on veuille bien me laisser sortir. Après des examens inutiles et un passage en radiologie, j'avais enfin eu le droit de me rechausser et de passer au bureau des sorties. Ils avaient parlé d'un léger traumatisme crânien et le médecin m'avait demandé de repasser dans quarante-huit heures, pour un examen de routine, ou avant, si je devais vomir ou être terrassée par d'effroyables maux de tête. En attendant, il était 18 heures passées et j'avais manqué tout le jour. J'aurais dû rentrer directement à la maison, mais je me suis souvenue du poisson rouge. Je pris donc la direction de l'animalerie. Il n'y avait plus trace de la tempête du matin. Pas un flocon de neige n'avait résisté aux rayons du soleil qui avait pointé son nez en début d'après-midi. Les giboulées de mars avaient eu raison de ma journée. Tout en marchant vers le magasin, je ne pus m'empêcher de penser aux autres salariés, à mon patron et aux tâches que j'aurais dû effectuer aujourd'hui et qui ne pouvaient attendre. Je ne remettais jamais rien au lendemain et j'avais donc à mes yeux vingt-quatre heures de retard. C'était trop pour moi. Comment dormir en sachant tout ce qui n'avait pas été traité ? Mes pas me menèrent devant la porte de la société sans que je m'en rende vraiment compte. Il ne me faudrait que quelques heures pour rattraper ce qui s'était accumulé en mon absence. À cette heure, les bureaux étaient vides. Seules les femmes de ménage arpentaient les couloirs, armées de leur aspirateur et de leur serpillière.

⁎⁎⁎

Le bocal à poissons rouges (ou « mini-aquarium » de quelques litres seulement) ne lui permet de vivre généralement que très peu de temps et dans des conditions détestables. (lapagedupoissonrouge.net)

J'étais dans la pénombre, l'écran bleuté de mon ordinateur comme unique source de lumière. Mon unité centrale émettait un léger bourdonnement rassurant. J'avais bientôt terminé. La nuit était tombée sans un bruit et les flocons de neige épars virevoltaient dans la lumière tremblotante des lampadaires. Je n'entendais plus ni de voix ni d'aspirateurs, j'étais seule. Ma montre indiquait 20 h 05, trop tard pour passer à l'animalerie. Après une dernière vérification, je décidai d'éteindre mon ordinateur quand une transaction attira mon attention. Une série de chiffres qui, au premier abord, ne se différenciait en rien des autres montants, mais que je n'avais jamais remarquée auparavant. En remontant dans la comptabilité, je retrouvai cette somme chaque semaine sur plusieurs mois. Elle passait sur différents comptes et, après une recherche plus poussée, je trouvai sa destination. Un compte en banque perdu dans un paradis où les poissons exotiques barbotaient librement entre les coraux. D'après mes premières estimations, la somme détournée se montait à un peu plus d'un million d'euros.

Je passai une bonne partie de la nuit à traquer le vol, mais, si je découvris les preuves de ses méfaits, l'identité de son auteur m'était toujours inconnue. Il avait été suffisamment ingénieux pour ne pas se faire prendre, mais la manipulation, bien que simple, n'était pas sans risques, le plus gros étant que le compte en banque n'était pas sécurisé. Je vous passerai les détails techniques ; cela dit, je me retrouvais devant une somme d'argent rondelette et un choix cornélien. J'aurais dû détourner les yeux, éteindre l'ordinateur et ne plus jamais y penser. Après tout, cela ne me regardait pas. Si j'avais dénoncé ce trafic, j'aurais dû expliquer ma présence en pleine nuit dans l'entreprise et je savais que cela aurait sonné mon licenciement sur-le-champ.

Moi, si logique, prudente, rationnelle, habitée par mes habitudes, toquée par mes tocs, en quelques clics je devins la très illogique, imprudente, irrationnelle propriétaire d'un peu plus d'un million d'euros.

J'éteignis l'ordinateur et sautai de mon fauteuil. En passant par l'arrière du bâtiment, je tombai sur une ruelle. Je savais que personne ne me verrait sortir comme personne ne m'avait vue entrer. J'avais eu connaissance de la combine de la porte de service jamais verrouillée, en espionnant une discussion entre Sarah et Claudine, une salariée qui, ne pouvant se passer de ses cigarettes, se faufilait au-dehors au moment de ses pauses. Le directeur avait interdit cette mauvaise habitude, ne voulant pas que le personnel qui fumait devant la porte principale n'égratigne l'image de l'entreprise.

Le froid mordit mon visage de nouveau, mais la nuit était claire et je parcourus mon chemin habituel presque en courant. Arrivée à la maison, je passai devant le bocal vide plusieurs fois avant de prendre le temps de jeter deux pincées de nourriture qui s'éparpilla dans l'eau comme une pluie de confettis.

Il me fallait faire vite. Je jetai quelques vêtements dans ma valise. Dès que le coupable aurait connaissance du détournement, il ne lui faudrait que quelques heures pour remonter jusqu'à moi. Je ne savais pas qui il était, mais je me doutais bien que sa réaction engendrerait des représailles contre moi.

*

Le traditionnel bocal contenant un animal solitaire ne permet pas d'assurer le bien-être de ces poissons qui évoluent en bancs.

Tout ça pour ça. On dit que l'on a toujours ce que l'on mérite. J'ai laissé un message à maman. Je lui ai dit que je ne pourrais pas la rappeler avant quelque temps et qu'elle embrasse papa et le vieux chat pour moi. Le soleil grille ma nuque et mes épaules nues. J'agrippe fortement le rebord avec mes orteils recroquevillés. L'eau est calme, limpide contrairement à moi. Mon cœur bat la chamade si fort que je l'entends dans ma tête. Si je savais pleurer, je crois que les larmes rouleraient sur mes joues, mais j'entends encore la voix de mes parents me serinant que les sentiments sont l'apanage des faibles. Il arrive. Je n'ai plus le choix. Je prends une grande respiration et je fais un pas dans le vide. La gravité m'entraîne vers l'avant. Mon corps entre en collision avec l'eau avant de s'enfoncer dans une multitude de petites bulles. Je ne vois plus rien. Je bats des bras et des jambes sans aucune méthode et sans aucun résultat. J'essaie désespérément de rejoindre la surface, en vain. Je ne tiendrai pas longtemps. Je sens que mes poumons me réclament de respirer, mais si j'ouvre la bouche maintenant, ils se rempliront d'eau. J'ai ce que je mérite, ce coup de folie va m'emmener vers une mort certaine. Je continue à battre des bras et des jambes. La panique n'aidant pas, j'atteins la surface pour replonger la tête aussitôt. Je vais me noyer. Soudain, je sens qu'on me saisit sous les aisselles et je remonte enfin à l'air libre. J'ouvre et je ferme la bouche comme un poisson hors de l'eau. Je sens qu'on me tire vers le bord et je m'affale sur le sol. Je crache, je tousse. Mes yeux piquent, mes poumons brûlent.

— Quand je t'ai dit de commencer à t'immerger, je pensais que tu le ferais là où tu as pied.

— Je suis désolée. J'ai paniqué. Tout ça, c'est nouveau pour moi.

Le maître-nageur me sourit. Il est beau. Sa peau ambrée brille sous le soleil des tropiques. Je sens le rouge me monter aux joues. Je me suis enfuie. J'ai acheté une petite villa et une nouvelle garde-robe, mais pas de poisson rouge. Je préfère ceux en liberté. Ceux que bientôt j'irai admirer en plongée quand je saurai nager. J'ai appris que les poissons rouges n'aiment pas vivre seuls. Je pense que c'est pour ça qu'ils crevaient tous les uns après les autres. J'embrasse ses lèvres chaudes au goût salé. Je suis enfin sortie de mon bocal.

L'AMOUR ET LA FOLIE

Hervé HEURTEBISE

Ô toi ! Le plus fou de tous les hommes, toi qui aspires à la sagesse, pèse un peu, je te prie, toutes les peines, toutes les inquiétudes qui déchirent jour et nuit ton âme, jette un coup d'œil sur les épines que cette sagesse sème sur tous les instants de ta vie, et tu connaîtras enfin de quelle foule de maux je préserve mes favoris !

Érasme, *Éloge de la folie*, 1509.

J'entends dire, deçà delà : *le monde est fou, le monde est fou*. Ah, Elle a bon dos, la Folie ! Qu'est-ce que je vous ai encore fait pour que vous m'invoquiez pour un oui, pour un non ? Déjà, je vous saurai gré, misérables cloportes inutiles d'humains que vous êtes, je vous saurai gré de dire : *c'est un monde de fous*. Le monde est, c'est tout ; les choses sont parce qu'elles doivent être. De vous à moi, de nous trois, c'est bien le seul à ne pas être fou. Retirez l'Homme avec un grand H, l'être humain mâle avec son misérable vermisseau entre les jambes qui lui donne l'illusion de sa force et l'être humain femelle, sans le vermisseau, mais avec des seins, un utérus et des neurones, retirez l'Homme, dis-je, de la planète. Vous y êtes, vous imaginez la scène ? La nature, les plantes, les animaux. Vous la voyez où, la Folie ? Où me voyez-vous ? Plus fort, je ne vous entends pas ! Où ? Je vais vous le dire : nulle part ! Je n'existe que parce que vous existez. Je suis arrivée avec vous, avant même la Raison, que vous m'opposez à tort. Avant même ce que vous nommez Intelligence, concept fumeux, qui, de vous à moi, ne sert qu'à vous rassurer. Je suis aussi vieille que l'humanité. Alors, par pitié, cessez de me les briser menu et de m'invoquer pour tous vos maux. D'ailleurs, je n'ai pas que ça à faire, je dois emmener le petit faire sa promenade.

— Allez, viens, petit con !

*
**

Dans des temps immémoriaux, au Royaume des dieux – romains, mais les dieux grecs étaient généralement acceptés, nous n'étions pas sectaires –, vous ne pouvez pas vous imaginer à quel point on se faisait suer la toge. Jupiter, dieu du ciel et roi des dieux – enfin, c'est ce qui était gravé sur sa carte de visite, parce que nous, entre nous, dès qu'il avait le dos tourné, on l'appelait Pitou, s'il avait su ça, il nous aurait carbonisé le divin séant de sa foudre vengeresse – Jupiter, disais-je, avant de digresser, afin de rompre la monotonie du calme des cieux, organisait régulièrement de grands banquets où tous les dieux étaient conviés. Diane, bonne fille, se chargeait d'apporter des rôtis de biche que Vulcain faisait cuire à la broche et Bacchus, cela va de soi, s'occupait de la boisson. Apollon faisait venir des potes musiciens et Priape – qui est grec, mais on n'en a pas des dieux comme lui –, Priape distribuait des petits remontants bleus à tous ceux qui avaient abusé des présents de Bacchus. Vénus ne venait plus, elle en avait définitivement assez que les autres dieux, plus beurrés qu'une sole meunière, lui passent dessus, trois par trois, en fin de soirée. Elle envoyait, pour la représenter, son fils Cupidon. Fils qu'elle avait eu avec Mars, un soir que le dieu de la guerre l'avait labourée comme on drague un champ de mines. Petit con arrogant, quoique prépubère, Cupidon se faisait appeler l'Amour pour faire plus *smart* et ne sortait jamais sans son arc et son carquois rempli de flèches, pour se la jouer viril. C'est bien connu, quand on a une fléchette sous la tunique et pas un poil sur le torse, on se balade avec une grosse flèche à la main pour compenser. Moi, j'étais conviée pour mettre de l'ambiance, rien de tel qu'un peu de Folie dans une soirée.

J'ai un souvenir très précis de ce qui s'est passé lors de ce fameux banquet. J'avais passé la journée avec ma grande copine Proserpine qui devait, dès le lendemain, rejoindre son funeste mari et reprendre, pour six mois, ses quartiers d'hiver souterrains. Occupées que nous étions à dire du mal des mortels, je n'avais pas vu le temps passer. Sérieusement à la bourre, je me précipitai chez ce bon vieux Pitou, persuadée d'arriver bonne dernière. Paraissant au palais du roi des dieux, je vis poindre, ventre à terre, c'est le cas de le dire vu la taille de ses petites pattes de coquelet, le rejeton de la déesse callipyge. Il était hors de question qu'il arrivât avant moi. Je me jetai alors pour passer le seuil la première. L'impertinent eut la même idée. Nous nous télescopâmes avec rudesse, dans le fracas épouvantable de tout son attirail d'arc, de flèches et de carquois à la mords-moi le Panthéon. Il est décidément mal élevé, ce gamin ! Sa Vénus de mère a dû omettre de lui apprendre qu'il fallait laisser passer en premier une dame, qui plus est une déesse. Hors de moi, je vociférai :

— Tu ne peux pas faire attention, misérable avorton ?

— Mais elle est folle, celle-là ! répondit, exaspérée, la demi-portion ailée.

— Tu ne penses pas si bien dire.

— Folle ou pas, vous ne savez visiblement pas à qui vous avez affaire. Malgré mon apparence juvénile, je suis parmi les plus puissants des dieux !

— Laisse-moi rire, Cupidon ! pouffai-je. Ta maman ne t'a pas dit qu'il était fort vilain de se vanter ? Surtout quand on a le charisme, la taille et la force d'un jeune bigorneau accroché à son rocher, sur les rivages tempétueux de la mer Égée.

— Non, mais mon père m'a appris à frapper le premier et le plus fort.

— Cela ne m'étonne guère de ton père, la guerre est à la finesse ce que la beauté est à la vertu. Mais sache que tu te déshonorerais à te battre contre moi…

— Parce que vous êtes une femme ?

— Une déesse, jeune sot, une déesse ! À ton avis, que viendrais-je faire devant le palais de Jupiter, si je n'étais qu'une simple mortelle ? Non, parce qu'il t'en cuirait…

— Je vous trouve bien sûre de vous, coupa-t-il. Vous ignorez visiblement mes pouvoirs.

— Et quels sont-ils, petit insolent ? demandai-je, faussement ingénue. Sont-ils si grands qu'il faille que les dieux eux-mêmes te craignent ?

— Apprenez qu'il n'y a point de créature qui échappe au pouvoir de l'Amour ! Je ne peux avoir d'adversaires à ma mesure puisqu'une seule de mes flèches fait de mon pire ennemi le plus doux des vassaux.

— Je vais mettre tes errements sur le compte de ta jeunesse et de ton inexpérience. Allez, lâche cet arc et cette flèche, laisse-moi passer, tu m'as déjà assez retardée ainsi. Jupiter m'attend et ne saurait patienter.

— Tu l'auras voulu ! lança-t-il, en bandant et son arc et rien d'autre, impuissant puceau qu'il était.

Avant qu'il n'ait pu me décocher une de ces flèches, je me rendis invisible.

La flèche partit, fendant l'air, manquant sa cible.

— Comment est-ce possible ? Comment as-tu pu, à mes yeux, te dérober ?

— Tu n'as pas encore compris qui je suis ? Je suis déesse bien plus que tu n'es dieu. Sans moi, tu n'es rien ! Je suis la Folie et que serait l'Amour sans la perte de la Raison ? L'Amour, ce misérable sentiment, ce n'est que la Folie qui s'ignore. Pour que naisse l'Amour, il faut que la Folie soit, mais ne se voie pas !

— Tu n'es pas déesse, telle Circé, tu n'es que sorcière !

— Cesse de m'insulter et réfléchis un instant, jeune impertinent. Puisque tu n'étais pas né, à qui doit-on la rencontre de ton soudard de père et de ta catin de mère ? À qui ? Puisque l'Amour, le bel Amour n'était point encore là ? À moi ! Moi, la Folie !

À ces mots, le mini-dieu offensé se jeta sur moi pour me frapper, bien décidé à me tuer de ses petits poings énervés. En un geste plus rapide que l'éclair, je lui crevai les yeux, stoppant net son attaque. Il roula à mes pieds, pitoyable Amour par la Folie aveuglé.

— Tu te vantais tout à l'heure, mais tu ignorais qui j'étais. Je suis celle qui gouverne les Hommes. Bien plus que toi, c'est moi qui contrôle leur cœur et leur esprit. Oui, je suis la Folie ! Je t'ai dit qu'il t'en cuirait et qu'il ne fallait pas me défier. De la Folie à la Rage, il n'y a qu'un pas. Un pas que tu viens de me faire franchir. Ainsi sont châtiés les jeunes présomptueux de ton engeance !

À genoux, il geignait :

— Comment pouvais-je savoir ? Pourquoi me serais-je méfié de toi ?

— C'est parce que tu ne me connaissais pas que tu me devais le plus grand des respects. Sache qu'il faut agir avec humilité face à un inconnu, car tu ignores toujours son pouvoir de nuisance ! Au moins, auras-tu tiré cette leçon de ta mésaventure.

— Puisque tu es une divinité si puissante, as-tu le pouvoir de me rendre la vue ? Crois-moi, j'ai compris la leçon.

— Il n'est pas en mon pouvoir de te rendre tes yeux, mais je peux soulager ton tourment.

Je déchirai un pan de ma robe et en fis un bandage pour panser le jeune infirme. Le tissu déchiré de la robe se reconstitua aussitôt ; il est bien connu que les ressources de la Folie sont inépuisables.

— Tant que tu garderas ce bandeau, tu ne ressentiras nulle souffrance. Si tu l'ôtes, la douleur sera plus vive que tu ne peux l'imaginer et plus cruelle que tu ne peux l'endurer. Si tu le retires, Jupiter lui-même ne pourra te sauver !

— Non contente de m'avoir crevé les yeux, tu m'infliges un nouveau châtiment. J'avais raison sur un point, tu es bien une sorcière ! Mais je serai vengé.

— Garde-toi de toute menace contre moi ! Et souviens-toi, ne sous-estime jamais le pouvoir de nuisance de ton adversaire.

*
* *

À tâtons, Amour se rendit chez sa mère. À la vue de l'enfant blessé, Vénus s'écria :

— Par Jupiter lui-même, que t'est-il arrivé ?

— Ô, mère, de tous les êtres de la Terre et du Ciel, c'est avec le plus insensé que je me suis querellé. La Folie, elle-même, pour se venger d'un affront dont elle me dit coupable m'a crevé les yeux et imposé ce bandage qui ne peut être ôté.

— Je reconnais bien là sa traîtrise. S'en prendre au plus doux des enfants pour tourmenter sa mère. La Folie a toujours été jalouse de ma beauté, car elle est, de tous les dieux, la plus laide et la moins désirée.

— Te rends-tu compte, ma mère, que c'en est fini de moi ? Comment toucher de mes flèches le cœur des Hommes si je ne peux viser. Aveugle, l'Amour n'est plus.

— L'affaire est trop grave et le préjudice trop lourd. Allons auprès de Jupiter quérir sa justice céleste. Lui seul pourra t'accorder réparation et châtier la perfide.

**

— Ô Jupiter, roi des dieux de l'Olympe, prends pitié de moi et écoute ma requête. Vois la blessure infligée par la Folie à mon fils, Cupidon, et l'affront fait à sa mère.

— Vénus, tu sais que je te porte en haute estime, mais je ne peux juger toute cette affaire à la seule aune de ta douleur et d'un bandeau, par ton fils arboré. Que l'on convoque sur le champ la Folie. Si elle s'y refuse, qu'elle craigne ma colère divine !

— Vous m'avez mandé, puissant Jupiter ? fis-je, faussement surprise.

— Tu as été prompte à venir, il est vrai que la Folie n'est jamais bien loin. Vénus, ici présente, t'accuse d'avoir infligé bien des tourments à son fils adoré.

— Je reconnais la querelle et trouve le châtiment pleinement mérité.

— Alors, en un grand procès, je jugerai le fond de l'affaire et démêlerai les torts. Comme le veut notre coutume, pour te garder de parler sous l'emprise de la passion, il te faut choisir un dieu pour plaider en ton nom.

— Alors, Mercure s'exprimera pour moi. Je le sais attaché à Vénus, mais il ne cachera nulle vérité en ma faveur. Il est celui qui sait le passé comme l'avenir, il ne peut défigurer les faits.

Jupiter se tourna vers Vénus, qui soutenait l'enfant aveugle.

— Et toi, qui parlera en ton nom et en celui du jeune dieu outragé ? Qui portera votre parole ?

— J'accorde à Apollon ma pleine confiance pour défendre notre cause.

C'est le dieu des archers, lui, mieux que quiconque, saura mesurer les conséquences de la blessure infligée à Cupidon par la Folie.

— Soit, il en sera ainsi. Que tous se présentent demain en ce palais à la même heure. Je dénouerai le vrai du faux et trancherai en faveur de l'une des deux parties.

*
* *

Le lendemain, je me gardai bien d'arriver en retard. En son palais, ainsi parla Jupiter :

— Apollon et Mercure étant tous deux de ma lignée, nul ne pourra me reprocher une inclination plus grande pour l'un ou pour l'autre. Soyez assurés que seule la vérité guidera mon jugement sur les faits qui me seront rapportés. Apollon, il t'appartient de porter la plainte de Cupidon et de sa mère. Parle, je t'écoute.

— Puissant Jupiter, il ne s'agit pas de juger d'une simple querelle entre quelques héros. Cette affaire est d'une gravité telle qu'elle est de nature à remettre en cause ton pouvoir. Mais examinons-en le déroulement. Au dernier banquet, par tes soins organisé, le jeune Cupidon arriva en retard. Il était sur le point de passer le seuil du palais quand la Folie le mit à terre et l'invectiva. Elle le rendait responsable du heurt et lui intima l'ordre de la laisser passer. Le dieu de l'Amour la mit en garde contre son pouvoir, mais la Folie s'entêta et, pour ne point céder, lui creva les yeux. Afin que nul ne puisse lui rendre la vue, elle lui apposa un bandeau que toi-même, Jupiter, ne peux retirer. J'insiste sur l'importance de ce point. Puisque la perfide s'est arrangée pour que tu ne puisses réparer ce qu'elle a défait, elle défie ta toute-puissance et pour cela doit être châtiée…

— J'entends ta requête, le coupa Jupiter, et suis sensible à tes arguments. Mais il ne sera pas dit que j'aurais jugé sans avoir entendu les deux parties. Parle, Mercure, puisque tu es le dieu-messager, apporte la parole de celle accusée d'être coupable de bien des maux et qui doit s'en expliquer.

— Noble père, je dois détromper mon demi-frère et rétablir, ici, quelques vérités. En effet, la Folie, à ce fameux banquet se rendit. Elle se présenta au seuil du palais en même temps que le jeune dieu. Eu égard à son sexe et à son âge, il eût été d'usage que Cupidon s'effaçât et qu'il laissât passer son aînée. Mais il n'en fit rien et, refusant de céder le pas, provoqua le heurt déjà évoqué. Au lieu de se repentir de son incorrection, le jeune effronté menaça la Folie. Cette dernière n'eut de cesse de le prévenir de ne point la défier, qu'il s'en repentirait s'il tentait quoi que ce soit contre elle. Mais on sait l'Amour impatient et sûr de lui. Il n'écouta pas les avertissements de la Folie et tenta même par deux fois de l'atteindre. Elle dut esquiver et ses flèches et son courroux. Poussée à bout par les bravades du jeune présomptueux, elle répliqua et porta le coup qui lui est ici reproché. Oui, la Folie aveugla l'Amour. Elle l'avait prévenu, s'il se battait contre elle, que non seulement il perdrait, mais qu'il se perdrait !

Jupiter intervint :

— Mais pourquoi avoir, elle-même, pansé l'enfant-dieu ?

— Pour l'empêcher de souffrir. Elle sait, mieux que quiconque, que la plus vive des douleurs peut rendre fou l'être le plus sensé.

— Il suffit. J'ai bien entendu les arguments de chacun. Je sais maintenant ce qui fut, ce qui est et ce qui doit être.

Jupiter se leva et poursuivit :

— Toi, Cupidon, si tu es Amour, jamais tu n'aurais dû provoquer un autre dieu, et qui plus est, une déesse. Tu as péché par manque d'humilité, failli par ton arrogance et la trop grande confiance en tes pouvoirs. Te voilà pour cela puni et, même si je le pouvais, je ne déferais pas ce que la Folie a fait. Et toi, la Folie, tu fais honneur à ton nom, on ne peut attendre de toi que tu fasses preuve de sagesse. Mais je ne peux laisser les choses en l'état. S'il y a un dieu de l'Amour, c'est qu'il a une mission et, par ta faute, il ne peut la mener à bien. Voici ce que j'ai décidé et il en sera ainsi ou craignez ma colère ! Puisqu'il l'a défiée, l'Amour sans la Folie, désormais, ne sera plus rien ! Puisque la Folie a mutilé l'Amour et que, par son geste insensé, il ne peut atteindre ses cibles et distiller la passion dans le cœur de tout être, alors, dorénavant, la Folie en tout lieu devra l'accompagner. Elle l'assistera en tout point, sera ses yeux qui guideront sa main. Oui, puisqu'elle l'a aveuglé, sitôt et à jamais, la Folie servira de guide à l'Amour ! Il en sera ainsi tant que le monde sera monde, que les hommes seront hommes et que les dieux seront dieux.

*

— Allez, viens, petit con ! Amène tes ailes, il est temps que nous allions exercer tes pouvoirs et faire tomber en pâmoison quelques pucelles et autres boutonneux. Je trouve que depuis des siècles et des siècles que nous travaillons ensemble, nous avons réalisé de grandes choses… Je dois même avouer que les amours de Pâris et Hélène ont dépassé toutes mes espérances ! Sais-tu, Cupidon, qu'aujourd'hui encore, on chante, sur Terre, nos louanges ? J'en veux pour preuve cette petite fable que je m'en vais te lire. Je trouve qu'elle résume assez bien toute cette histoire :

L'Amour et la Folie

L'Amour et la Folie au royaume des dieux

Goûtaient l'harmonie et le calme des cieux

Mais par quel désaccord quelle vaine dispute

En vinrent-ils aux mains et dans une sombre lutte

La Folie pleine de rage le jeune dieu frappa

Et par ce geste insensé de la vue le priva

Les dieux réunis condamnèrent la perfide

Depuis l'Amour est aveugle et la Folie est son guide.

BURN-OUT

Ariane FUSAIN

J'aime pas être contrariée, mais là franchement, elle l'avait bien cherché ! J'avais pas demandé à la voir... Il paraît qu'elle était en formation ! Burn-out, qu'ils disent.

***

— Déjà que dans la salle d'attente, je me demandais ce que je faisais là, assise sur votre chaise blanche, particulièrement inconfortable. Toute seule à attendre... Quoique toute seule, tant mieux, parce que si je m'étais retrouvée face à une quelconque ravagée du cerveau, je n'aurais jamais eu le courage de rester ! Mais là, franchement, faut vraiment que je parle au plafond en vous tournant le dos ?

— ...

— Bon, puisque je suis couchée là, allons-y !

Ben, quoi, elle est partie ?

Leïla s'est retournée un peu brusquement, provoquant un sursaut de surprise de la psychologue. Promptement, celle-ci se ressaisit et grimace un sourire censé être engageant. Assise derrière son bureau – ou plutôt sa table que Leïla trouve aussi banale à pleurer que la pièce sans fioritures dans laquelle elle reçoit ses clients –, elle place ostensiblement son stylo sur la feuille posée devant elle, signifiant ainsi à sa patiente qu'elle peut commencer. Leïla s'écroule sur le divan, dépitée. Elle sait bien ce qu'elle est censée faire, mais tout ce qui commence par « psy » ne lui a jamais vraiment inspiré confiance ; et puis, elle n'a pas choisi d'être là, aussi elle commence son récit sans conviction.

— En fait ça a commencé il y a trois jours. Enfin je crois… Non, plutôt hier. Une journée complètement banale comme tous les jours quand je travaille. Vous voyez ?

— …

Elle ne voit pas, ça crève les yeux !

— J'étais à peine arrivée dans le bureau quand quatre femmes complètement hystériques sont entrées. Je ne les avais jamais vues. Elles parlaient toutes en même temps. Gesticulaient dans tous les sens, passablement énervées. Il m'a fallu du temps pour comprendre qu'elles parlaient de Flavie, c'était pas évident, elles ne disaient jamais son nom. Les gens sont comme ça, décousus ! En fait vous, c'est ça votre métier : remettre tous les morceaux dans l'ordre. Vous faites la circulation dans les neurones. Flic du cerveau en quelque sorte !

— …

C'est pas une comique, la psy !

— Oui, bon. Donc on a passé la matinée pour la retrouver, la gamine, et c'était pas simple parce qu'il n'y avait pas un seul témoignage qui était cohérent. Il a fallu mettre en marche la grosse machinerie. Avec les ados, on ne sait jamais à quoi s'attendre et celle-là, elle a pas la fugue standard. Madame Tassank, la responsable du service, elle est jamais commode dans ce cas-là. Il faut tourner vite et bien. Enfin, bon, on l'a retrouvée. Une fugue amoureuse. Elle démarre bien dans la vie, la Flavie… même pas le droit de s'isoler un peu. Enfin, mon opinion n'est jamais requise au bureau, madame Tassank sait toujours tout mieux que tout le monde. Vous, c'est un peu pareil, non ? Vous ne donnez jamais votre avis. C'est pas un peu pesant, à la longue ?

— …

Si ça se trouve, elle m'écoute même pas. Elle pense à ses vacances ou à son mec. Quoiqu'elle est pas franchement engageante, un peu trop stricte à mon goût. Ressemble à madame Tassank !

— Mais s'il n'y avait eu que la disparition de Flavie, ç'aurait été une journée presque normale. Eh non, il a fallu que mademoiselle Friket choisisse précisément le même jour pour me détailler ses problèmes de cœur. Cardiaques, je veux dire. Mademoiselle Friket, c'est la nouvelle assistante administrative. Je ne sais pas sur quels critères elle a été embauchée. Elle a rien pour elle, la pauv' fille. Enfin ça, on s'en moque du moment que les collègues font leur taf, hein ! Franchement, depuis un mois, elle nous passe en revue toutes les pathologies possibles et imaginables. Hier, c'était le cœur qui n'allait pas, il palpitait. La semaine dernière, c'était l'estomac. En fait, je ne lui en veux pas, à mademoiselle Friket, elle aime attirer l'attention sur elle. Elle a besoin qu'on s'intéresse à elle et forcément dans le bureau, on n'a jamais le temps. Du coup, quand elle dit qu'elle se sent mal, qu'elle va faire un malaise, peut-être que c'est vrai, mais franchement personne n'y croit. En tout cas, personne n'y a cru et on n'a rien vu. Pourtant, on était tous là, même le vigile du centre est passé au bureau pour m'expliquer que Flavie était probablement sortie par l'escalier de secours, puisque depuis que les employés ne peuvent plus fumer dans l'établissement, ils laissent la porte de secours ouverte pour prendre leur pause derrière le bâtiment. Il a quand même fallu appeler les pompiers entre deux coups de fil au juge pour Flavie. Ils l'ont transportée à l'hôpital. Mademoiselle Friket, pas Flavie… Pour rien ! Aux Urgences, ils n'ont même pas voulu la garder une nuit. N'empêche que madame Tassank nous en a voulu et on est passé un par un dans son bureau pour expliquer le pourquoi du comment. Au final, c'est sur moi que tout est retombé. Enfin, après une journée à jongler entre la paperasse administrative, les recherches et la déclaration d'accident de travail de mademoiselle Friket, j'étais dégoûtée, j'avais plus envie de rien. Vous voyez ce que je veux dire ?

— …

P't'être pas. Les journées speeds, ça doit pas lui arriver souvent !

— J'étais comme… vide. Alors, c'était pas la peine que j'aille faire des courses, je suis rentrée direct chez moi. C'est à ce moment-là que j'ai réalisé que je n'avais pas pris la pause déjeuner. Avec le coup de la Friket, j'avais rien avalé depuis six heures du matin. Je suis allée dans la grande surface la plus proche et là, j'ai pris un paquet de chips, des clémentines, deux yaourts au lait de brebis et aux châtaignes, deux steaks hachés à 5 %

de matières grasses et des poireaux, de la litière pour le chat, du café et des enveloppes. Puis j'ai reposé les chips parce que je fais toujours ça, je commence par les chips et à la fin, je les repose. Ça veut dire quoi, ça ?

— ...

Si ça se trouve, elle est en train de faire un jeu débile sur son portable. Connasse !

— Rien. OK, je continue. Après avoir reposé les chips, je me suis dirigée vers les caisses et j'ai craqué sur une valise. J'en avais pas besoin, mais elle était bleue et moi le bleu, je craque. Vous comprenez ?

— ...

Elle doit aimer que le noir, c'est sûr !

— Non. Bon, pas grave… En fait, ça change pas du boulot. Personne ne s'comprend, hein !… Je continue, alors. Comme j'avais moins de vingt articles, je suis passée à la caisse sans caissière. Celle où en plus de payer, le client bosse ! Vous l'utilisez, vous, la caisse rapide ?

— …

Ben nan, elle l'utilise pas, elle a tout son temps, elle !

— Vous avez raison ! Parce que moi, chaque fois que j'y vais, ça se passe mal. Y'a toujours un code-barres qui passe pas, un article dont le poids ne correspond pas et j'en passe. Mais bon, il y avait la queue à toutes les autres caisses et j'avais pas envie d'attendre, alors… Ce jour-là, j'en revenais pas : tout s'est bien passé, même la valise n'a pas posé de problème. C'est au moment de payer que ça s'est gâté ! La machine m'a réclamé ma carte bancaire. J'ai fouillé dans mon sac, vidé le contenu sur la tablette de droite, – celle où on pose ses achats avant de les passer devant le code-barres – parce que mon sac, c'est un vrai sac de femme. Rempli, saturé de tout un tas de choses potentiellement utiles et indispensables ! Mais toujours pas de portefeuille. Là, j'ai commencé à me sentir mal, tiraillée entre « J'ai pas assez d'espèces » et « Ben, il est passé où mon portefeuille, comment je vais payer et merde, fait suer d'être venue pour rien ! » C'est la deuxième option qui l'a remporté. Je me suis retournée vers le caissier-sauveur pour lui dire, pleine d'assurance : « Je crois que j'ai un problème ! Je ne retrouve pas ma carte bancaire. » Pris au dépourvu, il m'a répondu, un peu penaud : « Qu'est-ce que vous voulez faire de vos courses ? Les laisser là ? Vous habitez loin ? Vous pouvez rentrer chez vous ? » Évidemment que je pouvais rentrer chez moi, c'était juste que j'avais pas de carte pour payer ! Beau, mais con, le mec ! J'avais mon chéquier, mais la machine ne prend pas les chèques. J'lui ai dit que j'avais un chéquier. Là, vous allez pas me croire, il m'a fait un sourire : une tuerie ! Encore plus craquant que mon voisin du dessus ! « Si vous avez un chéquier, vous allez pouvoir payer à la caisse centrale ». Il a mis sa clef magique dans la petite serrure de la machine et hop, elle m'a annoncé que je pouvais prendre mes articles. À partir de là, tout aurait pu être simple. Mais non, à la caisse centrale, il fallait reprendre le topo. Apollon ne m'avait pas accompagnée et la rombière en face de moi était beaucoup moins engageante. J'ai expliqué à la petite dame que dans mon portefeuille, il y a tous mes papiers et qu'en cherchant ma carte, j'ai découvert que j'étais civilement toute nue. Pas de carte et pas de papiers non plus. Et là, comme si j'avais rien dit, elle m'envoie : « Vous avez une pièce d'identité ? J'peux pas prendre vot' chèque sans pièce d'identité. Pas de papiers, pas de courses ! » Vous y croyez, vous, à une connerie pareille ! J'étais prête à disjoncter quand une lueur a illuminé ma cervelle. Le permis de conduire. C'est une pièce d'identité, le permis de conduire. Et le mien, il était pas dans mon portefeuille vu que j'ai pas pu faire changer la carte grise, vu que la voiture est pas à moi. Elle est au nom de mon mari. Parce que dans notre pays, si on fait pas gaffe, ils mettent tout au nom du « chef de famille » qu'ils disent. Sauf que quand on se sépare, ça complique tout et du coup je me promène avec le courrier de la préfecture et mon permis dans une pochette et pas dans le portefeuille… Enfin ça, je vous l'expliquerai la prochaine fois, si je reviens. En bref, grâce à mon ex, j'ai pu payer mes courses et rentrer manger. Vous me suivez ?

— …

— Remarquez, c'est peut-être pas judicieux de me suivre en ce moment… J'ai rejoint le parking avec ma valise à roulettes d'un côté, la litière et le sac plein de courses de l'autre, et mon sac à main qui n'arrêtait pas de glisser de mon épaule comme chaque fois que je n'ai pas de main libre pour le tenir. Là, j'ai pas compris, ma voiture, elle était pas là où je l'avais laissée ! Je l'avais garée dans le parking C à côté d'un coupé sport rouge. J'suis retournée sur mes pas, j'étais bien au C, mais le coupé sport et ma p'tite voiture, envolés ! Toujours avec ma valise bleue, j'ai remonté les deux allées B et D. Rien. Complètement affolée, j'suis allée voir le vigile de l'accueil. Il m'a envoyé un gros costaud flanqué d'un berger allemand qui m'a accompagnée sur le parking. J'avais du mal à le suivre avec ma valise, mes sacs et mes petites chaussures à talons. Pas hauts, les talons, sinon c'est l'entorse assurée. Je sais pas comment elles font les filles qui dansent avec des aiguilles sous les chaussures ! Vous avez déjà essayé de marcher avec des échasses ?

— ...

Tu m'étonnes, elle a pas le look avec ses p'tites lunettes d'intello étriquée !

— Même pas hauts, mes talons étaient pas prévus pour courir derrière le couple vigile-berger ! Du coup, après avoir remonté deux allées, il m'a conseillé, sur un ton sarcastique, de l'attendre sur place. Dépitée, je me suis assise sur ma valise, au bout de l'allée E. Même pas quinze minutes après, il est revenu vers moi, hilare parce que j'avais confondu le C avec le G. Je crois que c'est à ce moment-là que les choses ont basculé. J'lui ai rien dit au vigile. J'ai balbutié des excuses, mais à l'intérieur, il y a eu comme une explosion, une envie irrépressible de le laminer sur place. Mais bon, j'suis pas suicidaire. Il avait un chien ! Je l'ai laissé me conduire jusqu'à ma voiture. Stoïque, j'ai déposé mes achats sur le siège arrière et je me suis installée au volant avec une seule idée en tête : disparaître. La voiture a démarré normalement. J'ai reculé sans écraser de type avec un chariot parce que quand je recule en voiture, d'habitude, il y a toujours un mec qui se croit plus costaud que ma carrosserie et qui passe juste derrière ! Ça vous arrive jamais ça à vous ?

— ...

— OK, vous êtes pas contrariante, vous au moins ! Arrivée chez moi, j'ai tout déballé et j'ai réalisé que j'avais oublié le pain. Je ne mange pas sans pain ! Alors je suis allée à la boulangerie à pied pour m'aérer et puis parce que c'est pas loin et que c'est bon pour la santé de marcher. C'est vrai, je devrais faire du sport. Si j'en avais fait, je ne serais peut-être pas allongée à délirer face au plafond. Mais j'ai jamais le temps, j'ai jamais le temps ! Vous en faites du sport ?

— ...

Pas le look.

— On va dire que non. Vous avez raison, finalement, c'est sûrement fatigant ! En tout cas, la boulangerie, j'y suis allée à pied. La boulangère me voit tous les jours, mais j'ai pas aimé son regard compatissant et ses yeux de merlan frit. Comme si j'avais l'air malade. Je sors et, évidemment, j'ai pas pris mon parapluie donc il pleut ! Je ne sais pas pour vous, mais moi, chaque fois que je sors sans mon parapluie, il pleut ! Et quand il pleut, mes cheveux bouclent. Pas la jolie petite boucle mignonne, non, une gueule de mouton juste avant la tonte ! Sans parler de la baguette qui arrive toute molle à la maison. J'suis rentrée au pas de course et en passant devant le miroir dans l'entrée, ça a été l'horreur. J'vous assure, pas besoin d'aller au cinéma : l'épouvante ! J'ai crié ou plutôt hurlé, le genre cris hystériques. Elle avait raison, la boulangère, en plus des cheveux, j'avais des plaques rouges partout sur le visage. J'étais en train de me dévisager, effarée, quand on frappe à ma porte. « Mademoiselle Fresne, vous allez bien ? » Le beau célibataire du dessus ! Ça faisait des semaines que j'attendais qu'il vienne frapper à ma porte, mais là c'était juste pas possible ; je pouvais pas ouvrir comme ça. Je me suis rapetissée, plaquée contre le mur, comme s'il pouvait me voir. Il a insisté, alors j'ai pris ma voix la plus naturelle possible et, une fois encore, j'ai accusé le chat. Il est parti, ouf et merde, de merde, de merde. C'est quand même pas de chance, non ?

— ...

Elle s'en fout ! Commence à m'énerver !

— J'suis allée me déshabiller pour voir jusqu'où allaient les plaques rouges. Juste impressionnant, y'en avait partout, sur tout le corps. On aurait dit une vraie carte de géographie sauf que je reconnaissais pas les continents. Ça m'a rappelé le vieux qui habitait près de chez mes parents. Maman lui faisait les soins. Elle était infirmière, ma maman. Un jour, elle a raconté à mon père qu'il s'était couvert de plaques quand le médecin lui a fait un toucher rectal. Sauf que moi, j'en ai pas eu de toucher rectal ! Ça pouvait pas être ça. Le stress peut-être… Le stress sûrement ! C'est pour ça qu'ils m'ont amenée ici. J'ai une vie de dingue ! Comme tout le monde… Enfin, vous p't'êt pas ! En tout cas, ça vous dérange pas beaucoup que j'parle toute seule… au plafond, blanc… atone. À quoi ça sert tout ça ?

— …

— Mouais ! J'sais pas comment vous faites, mais j'supporterais pas…

— …

J'vais la claquer !

— Okay, j'continue. Ça devait vraiment être le stress parce qu'après un bon bain tiède, relaxant et parfumé à la lavande, toutes mes compétences géographiques ont disparu. La soirée, rien à dire, j'ai regardé un film à la télé. Me rappelle plus le titre, le genre banal à pleurer, mais qui vous vide complètement la tête : c'était le but ! À 22 heures, je m'suis couchée. Vidée, lessivée. Au fond, c'est quoi ma vie ?

— …

— En fait, votre quotidien ressemble au mien… quelque part.

Non, le sien est franchement chiant. Le mien est dingue, mais au moins il me donne le sentiment d'exister.

— J'avais vraiment besoin de dormir. Comme tous les soirs. En fait, je sais pas pourquoi j'ai craqué. C'était pas pire que les autres jours. J'avais besoin de dormir, mais tout s'est ligué pour m'en empêcher. C'était la Saint-Valentin. Mes voisins ont dû fêter ça au resto. En tout cas, ils étaient bien bruyants quand ils sont rentrés. Ils ont fait la nouba jusqu'à une heure du matin. Je m'étais assoupie. C'est quand le feu d'artifice a explosé dans ma tête que j'ai disjoncté la première fois. Heureusement le voisin du dessus s'est mis à hurler par la fenêtre avant que j'aie eu le temps d'ouvrir la bouche. J'ai le pétage de plombs drôlement plus lent que le sien, même pas eu à me lever ! Ça aurait dû m'alerter, mais non, j'ai juste pensé qu'il était vraiment sympa, le mec du dessus, et je me suis rendormie. C'était un signe, la réaction lente.

— ...

Si elle continue à me snober, je vais la retrouver, ma réactivité !

— À 4 heures du mat', mon chat a eu une brusque envie de me manifester sa reconnaissance de prendre si bien soin de lui. J'adore mon chat, mais je déteste quand il me saute dessus en pleine nuit pour me faire des patouilles et des léchouilles râpeuses sur la joue. Ça me rend hystérique ! Je me suis mise à lui hurler dessus et à lui courir après dans tout l'appartement. Il a perdu sa légendaire souplesse et a cassé mon plus beau vase. J'ai pas eu le temps de lui arracher les poils un à un, on tambourinait à ma porte. J'ai ouvert, rouge de colère, échevelée prête à en découdre et j'ai labouré le torse de l'Apollon du dessus de coups de poing et de griffes. Je sais pas qui a appelé la police, mais lui, fair-play, il a pas porté plainte. Aux urgences, vot' collègue a dit que c'était de l'épuisement et il m'a donné des p'tites pastilles pour dormir, et ce matin, le brancardier m'a conduite sur votre chaise blanche dans la salle d'attente vide.

— ...

— J'ai fini, là. Je fais quoi, maintenant ? Je peux rentrer chez moi ?

— Venez vous asseoir.

Quand Leïla s'est assise de l'autre côté de la table blanche, son regard s'est posé sur la feuille, blanche au début de la séance et, à présent couverte de notes et de dessins griffonnés sur les bords. Leïla n'a vu que les dessins. Un éclair de furie a traversé son crâne, elle s'est emparée de la feuille, l'a roulée en boule et a tenté d'étouffer la psychiatre stagiaire en la lui enfournant dans la bouche après l'avoir plaquée au sol. Du moins, c'est ce qu'a rapporté le brancardier, intervenant fort à propos.

DE L'AUTRE CÔTÉ

Stéphanie ATEN

Les cerisiers en fleurs avaient toujours été une énigme pour Édouard. Ils lui rappelaient systématiquement quelque chose, sans qu'il puisse jamais définir précisément ce que c'était… Un souvenir flouté, une sensation étrange de bonheur et de pincement en même temps, un autre monde ou une autre époque, peut-être une autre vie… Il avança jusqu'au banc, le regard perdu dans ces fleurs qui irradiaient la lumière comme si c'était leur rôle. Leur senteur lui emplit les narines et lui arracha un sourire. Il y avait dans le printemps une magie qui le ramenait chaque année à la vie.

Une fois devant lui, il contempla le banc un instant, avec un rictus au coin des lèvres. *Dorénavant, mon bonhomme, et pour plusieurs mois, tu ne me feras plus froid aux fesses.* Il s'assit lentement et tortilla du bassin pour mieux appuyer sa position. Puis il sortit le petit sandwich qu'il mangeait chaque jour à cette place, et le déballa de son papier film avec précaution, pour ne pas en perdre une miette. Tout en mangeant, il releva les yeux et se concentra sur le spectacle qui s'offrait à lui quotidiennement.

Ils avaient l'air si malheureux, retenus derrière leur grillage, cloîtrés dans leur monde. Ce devait être terrifiant… du moins, s'ils étaient conscients de leur situation. Il lui arrivait de prier pour qu'ils ne le fussent pas, et que leur vie s'en trouvât plus facile. Ils ne lui coupaient plus l'appétit dorénavant. Il arrivait à manger tout en les observant. Il se perdait dans leur contemplation et finissait par mastiquer machinalement, sans plus sentir le goût des aliments. Le temps se suspendait aux pas répétés de ces prisonniers de l'esprit.

Elle était là, elle aussi, cette femme qui vivait de l'autre côté et qui s'asseyait sur un banc, tout comme lui. Elle aussi le contemplait avec distance. Elle devait avoir dans les 35 ans et ressemblait à une statue, sculptée dans le plus lumineux des albâtres. Son visage semblait avoir été finement ciselé dans des traits figés et inquiets. Seuls ses cheveux fins lui conféraient un soupçon de vie, lorsqu'ils dansaient dans le vent et voilaient son regard triste… Chaque jour, elle s'asseyait et ne bougeait plus. Leurs regards se croisaient et restaient longuement enchevêtrés. Chaque jour, il essayait de lire dedans. Mais c'était peine perdue. La folie est un peu comme le printemps : un état à part…

Il soupira. La beauté ne devrait jamais être emprisonnée. Il lui arrivait de rêver que cette femme se trouvait là par erreur et qu'un jour, il viendrait l'attendre à la sortie de sa prison. Il l'aiderait à quitter ce monde de fous pour de bon, à se détourner du non-sens et de la perdition, de l'incompréhensible… Elle n'était pas à sa place, il en avait la conviction… Mais que lui dire ? S'il approchait du grillage, serait-elle seulement capable de lui parler, ou même de l'entendre ? Il préférait se contenter de se poser la question plutôt que de risquer la déception.

Le temps filait vite sous les cerisiers printaniers. Édouard termina son sandwich au moment exact où la cloche sonna. Sa vitesse de mastication devait être inconsciemment calée sur le temps de pause de sa compagne de déjeuner. Il la vit se lever et il en fit autant. Il fourra le papier film dans sa poche et, sans doute à cause des cerisiers en fleurs, se hasarda à un sourire… Il ne s'attendait à rien, mais soudain, vit les lèvres rose nacre de la jeune femme s'étirer en un mince filet d'espoir. Il se figea, saisi par la magie, et retrouva pour la première fois depuis bien longtemps le sens de l'expression « se sentir vivant ». La jeune femme, statufiée par l'instant, l'ancra dans une impression d'éternité. Autour d'eux, tout cessa d'exister. Ils se regardèrent comme si leur lien était évident, mais qu'ils ne l'avaient pas compris jusqu'à maintenant… Édouard aurait tout donné pour rester accroché à ce moment en suspens…

Il fallait qu'il parte pourtant. Qu'il revienne dans le présent. Alors il s'éloigna à reculons. Comme on rembobine un film. Demain, ils reprendraient la scène où ils l'avaient laissée. Demain, plus de chiens de faïence assis sur un banc, prisonniers du silence et de l'éloignement, mais des êtres bien vivants. Demain, il lui parlerait… même si c'était risqué.

* *

« Demain » commença dans l'angoisse, car le ciel faisait les gros yeux. Il était gris, menaçant, de mauvais poil et, si les nuages se mettaient à pisser, Édouard savait pertinemment que la continuité de l'espace-temps né la veille s'en trouverait brisée… Saleté de météo. Être suspendu à des nuages avait quelque chose de démentiel !

Quel soulagement ce fut donc lorsque des pans de lumière solaire jaillirent soudain vers 11 heures, atomisant l'amas de grisaille. Cher printemps ! Édouard fut l'un des premiers à sortir de son bâtiment. Empressé, radieux, il parcourut la distance qui le séparait de son banc d'un pas léger, excité et sourit en se disant qu'il devait avoir l'air d'un enfant ! Lorsqu'il fut en approche, il ralentit, pour ne pas trop montrer, pour ne pas effrayer. Il fallait rester naturel et rassurant… Calme. Il arriva à destination, et décida de ne pas s'asseoir : ce serait faire un pas en arrière. Il se planta devant le banc et releva les yeux vers le grillage…

Mais elle n'était pas là.

Tout son monde répondait à l'appel, sauf elle.

Édouard sentit son cœur se serrer et, sans même s'en rendre compte, dépassa largement la limite qu'il s'était fixée. Il avança de plusieurs pas et se mit à chercher, comme on fouille la malle d'un grenier, mais ne trouva la jeune femme nulle part. Absente, malgré la lumière qui illuminait les cerisiers.

Lui qui avait prévu tout un programme par paliers… un chouïa d'attention, une « oncette » de complicité, pour avancer progressivement sans pour autant se toucher. Ne rien précipiter, juste favoriser… Il se sentit soudain inexplicablement seul au beau milieu de la vie qui s'ébattait. Enfoncée dans sa poche, sa main perçut le papier film du sandwich, mais s'en éloigna aussitôt, écœurée. Un vilain nuage venait de noircir les cerisiers.

- 183 -

Édouard baissa les yeux et se perdit dans l'herbe qui s'étirait à ses pieds… Et si quelque chose lui était arrivé ? Si la folie l'avait emportée, ou si celle des autres l'avait étouffée ? Cette idée le fit changer de couleur, il sentit son sang se retirer. Le monde dans lequel on la retenait était si étrange et dangereux ! Comment une femme seule pouvait-elle y survivre sans avoir mal, sans avoir peur et sans finir par s'effondrer ?

Il fallait qu'il en ait le cœur net. Il approcha encore, décidé à questionner quelqu'un, n'importe qui, du moment qu'on l'informât de ce qui avait pu lui arriver, mais soudain, la lumière du soleil revint ! « Elle » venait d'entrer dans son champ de vision. Il bougea de côté pour la voir se faufiler entre les ombres qui peuplaient ses journées. Toujours aussi pâle, toujours aussi belle, elle avança dans sa direction tel un ange flottant. Ses vêtements ondulaient sous le vent, ses cheveux se soulevaient par vagues ondoyantes, c'était comme si le film de sa vie défilait au ralenti. Édouard aurait voulu que cet extrait ne finisse jamais. Il sourit. Avec douceur, avec réserve, et attendit…

La jeune femme vint se poster devant son banc et observa Édouard silencieusement. Son regard était plein d'espoir, mais de crainte aussi… Dans un geste qu'il ne contrôla pas, Édouard leva la main et l'agita lentement en un signe timide et maladroit, avant de la baisser brusquement. Sur le visage de la jeune femme naquit la même lumière que la veille. Elle approcha jusqu'au grillage, où ses doigts fragiles s'accrochèrent comme le lierre. Elle lui tendit un regard qu'il n'avait encore jamais vu… Un regard qui appelait.

Édouard avait la bouche sèche et les mains moites, ce qui n'était pas normal. Sans qu'il comprenne comment, il se retrouva face à elle. Leurs regards s'enlacèrent et ils furent projetés, pour la première fois, dans un monde commun. Un monde qui leur appartenait, où personne d'autre qu'eux n'avait sa place.

— Tu me reconnais ? demanda-t-elle soudain.

Sa voix était assortie à ses yeux : elle vibrait d'espoir. Édouard ne pouvait pas la décevoir.

— Oui…

Il faillit perdre la vue tant elle se mit à rayonner.

— Comment tu vas ?

— Bien… et toi ?

Il regretta aussitôt sa question. Il venait de ramener un gros nuage. Les yeux de la jeune femme s'assombrirent, fuirent vers les cerisiers et ses lèvres se perdirent en balbutiements. Il chercha quelque chose à dire pour se rattraper, mais elle le devança.

— On m'interdit les visites depuis quelque temps… Tu sais pourquoi ?

— … Sans doute pour te protéger ?

— Me protéger de quoi ?

— De tout ce qui pourrait te faire du mal.

Le gros nuage noircit ses yeux pour de bon et ses doigts se dénouèrent du grillage. Édouard s'y agrippa en retour.

— Ça ne m'inclut pas ! se défendit-il. Je ne représente aucun danger pour toi.

— Line ! cria alors un homme à quelques mètres derrière elle.

Il portait un uniforme de geôlier, gris et strict, assorti à ses traits. Son attitude autoritaire, son regard de tyran, ses gestes secs et empressés… Édouard l'avait déjà maintes fois remarqué et le détestait. Il le fusilla du regard. L'homme voulut approcher, mais Line recula de deux bons mètres en signe de reddition, ce qui le stoppa net.

— J'espère que ça changera, souffla-t-elle. J'espère qu'on m'autorisera les visites à nouveau…

— J'en suis sûr, la rassura-t-il. Tout va rentrer dans l'ordre, il faut avoir confiance.

Sous la pression du geôlier, elle commença à s'éloigner. À reculons, comme Édouard la veille. Autour d'elle, les ombres s'agitaient, entraînées dans leur marche folle, et faillirent la heurter plusieurs fois. Édouard aurait voulu déchirer ce maudit grillage et arracher « Line » à ce monde inepte dans lequel on la retenait !

— Je serai là demain, promit-il. Et tous les jours d'après.

Elle eut un timide sourire… puis lui tourna le dos, les épaules basses et la tête courbée, pour rejoindre le garde-chiourme qui l'attendait. La cloche venait de sonner. Édouard soupira, désespéré. La souffrance de Line serait aussi la sienne dorénavant.

*
* *

Mais il plut. Tout le lendemain. Une véritable cascade de larmes, lourdes et bombées, s'écrasa sur le sol, sur les bancs et lamina les cerisiers. Un orage se mit à lézarder le ciel et le fit trembler, les nuages gris avaient gagné.

Édouard crut perdre la tête à son tour, ce jour-là. Les minutes n'en finissaient plus de s'étirer, se rallongeant avec sadisme à chaque seconde passée. Il marcha en long, en large et en travers, inquiet, vexé, énervé. Il finit par s'asseoir dans le siège de ses pensées et, pour se calmer, se mit à imaginer quelles pouvaient être les siennes… les pensées de Line… Comment raisonne-t-on quand on est comme elle ? Est-on encore capable de rêver ? De se projeter ? En dehors, au-delà et ailleurs ? « Line »… Il avait l'impression de connaître ce nom depuis toujours… C'était la faute du printemps. Avec lui, les cigognes venaient déposer les bébés dans les maisons et l'amour fleurissait à foison. Avec lui, les petits miracles et les renaissances étaient de retour. Les secondes chances bourgeonnaient et il suffisait de les cueillir…

Édouard rêvassa toute la journée. Line était en train de l'imprégner. Des flashes puissants zébraient régulièrement le fil de ses pensées : Line et lui marchant au bord de l'eau, sous des cerisiers éclos ; Line et lui dans la rue ; Line et lui assis côte à côte sur le même banc… Line et lui dans une maison aux volets bleus… C'était étrange, cette sensation de déjà-vu. Inédit dans sa vie. De toute la journée, même lorsqu'il essaya, il ne put penser à autre chose qu'à elle. Le front appuyé contre la vitre, il aurait aimé pouvoir lire entre les lignes de la vie et comprendre à quoi rimait cette rencontre, où le conduisait cette obsession. La pluie ruisselait sur le carreau, se scindant en multiples hypothèses, dégoulinant avec allégresse sur les parois de la raison. Édouard soupira et se perdit dans le temps jusqu'à en oublier la notion. Lorsque la nuit vint, il eut l'impression de sortir d'un vortex et d'avoir traversé le néant…

Le lendemain, il courut. Au diable la discipline ! Il bouscula même deux personnes sans s'excuser. Il allait la revoir et cette seule pensée le transportait. C'était tout ce qui comptait. Expliquer pourquoi était inutile, il avait passé la nuit à décortiquer le sujet et n'était arrivé qu'à une seule conclusion : le cœur raisonne sans l'intellect.

Lorsqu'il passa sous les cerisiers à moitié nus et foula leurs vêtements arrachés par l'orage, il ralentit. Un tapis de printemps s'étalait à ses pieds et s'étirait jusqu'au grillage. Haletant, anxieux, il le suivit des yeux, puis releva le regard vers le devant… et expira son soulagement. Elle était là. Éclatante, tout de blanc vêtue. Les cerisiers déshabillés lui avaient légué la lourde tâche d'illuminer le monde à leur place.

Harponné par son regard suppliant, Édouard avança. Elle souriait ! Il vint s'accrocher au grillage qui les séparait et lui sourit à son tour.

— Bonjour, dit-elle doucement.

— Bonjour…

— Tu vas bien ce matin ?

— Maintenant que je te vois, oui.

Derrière elle, près du banc, grognait toujours le chien de garde, mais Édouard choisit de le snober. Il ne comptait pas. Il ne compterait jamais.

— On m'a déconseillé de te parler, mais j'ai insisté, lui dit-elle. Il faut que je sache.

— Que tu saches quoi ?

— Si tu me reconnais vraiment…

Il se pinça les lèvres, bien ennuyé. Pouvait-il lui mentir davantage ? Il avait l'impression de la connaître, avait rêvé d'elle pendant vingt-quatre heures d'affilée, mais pouvait-il lui servir son obsession en guise de réponse ?…

Il se mit à bégayer.

— Oui… enfin disons que… c'est flou, et que… Mais c'est là. Tu es là… Dans ma tête. Je sais que je te connais, c'est ça le plus important. C'est la magie du printemps.

Elle déglutit et se retourna vers le pit-bull qui montrait les dents, avant de revenir vers Édouard.

— Tu arriverais à me donner un exemple précis ?

Elle l'agaçait avec ses questions ! Elles gâchaient tout. Elles gâchaient le printemps. Il soupira bruyamment et, brusquement, sans qu'il comprenne comment, se sentit devenir volcan. Un feu venait de jaillir de ses entrailles et remontait jusque dans ses tempes. Elles se mirent à cogner. Il haussa le ton.

— Non j'arriverais pas à te donner un exemple précis ! Je viens de te dire que c'est flou ! Pourquoi ces questions ? Tu veux pas parler d'autre chose ? Par exemple, tu sors quand ? Est-ce que tu sais si tu sortiras un jour ?

Le pit-bull voulut approcher, Line se retourna pour l'en dissuader. Bizarrement, il obéit, mais prit une attitude de dominant qui ne fit qu'attiser le feu d'Édouard, dont le regard ébène en disait long.

— Édouard, regarde-moi, demanda Line.

Édouard fit un gros effort pour se détacher du tyran et se focalisa sur Line… réalisant du même coup qu'elle connaissait son nom !… Comment connaissait-elle son nom ?

— Je ne sortirai pas, Édouard… Ce n'est pas moi qui dois sortir… c'est toi !

Il la trouva soudain bien laide et fut consterné de constater qu'elle était bien folle.

— Line, ce n'est pas moi qui vis dans un monde de déments !

Elle parut extrêmement déçue.

Le feu d'Édouard s'embrasa et il sentit son cœur brûler. Line prit l'apparence d'une harpie et, devant cette transformation, il secoua le grillage de rage.

— C'est chez toi que tout marche de travers, Line ! Regarde autour de toi ! Tu vis avec des fous, cloîtrés dans leurs pensées, vous marchez, mais vous ne regardez jamais où vous allez ! Vous êtes inconscients et isolés ! C'est moi qui vis en liberté et je dois te libérer !

— Bon, ça suffit ! aboya soudain le pit-bull.

Il vint saisir Line par le bras, mais elle se dégagea et vint accrocher ses doigts à ceux d'Édouard, qui sentit un électrochoc le parcourir de part en part. Cette garce venait d'électrifier le grillage ! Il recula.

— Édouard, je t'en prie, reviens du bon côté ! supplia-t-elle. Fais un effort ! Tu en as la capacité ! Ton cerveau n'a rien de commun avec le nôtre, il nous est bien supérieur, je suis sûre que tu peux le faire ! Reviens vers moi, reviens vers nous !

— Mais je suis du bon côté ! C'est moi qui vois clair ! JE comprends, JE connais le Monde ! Je sais ce qu'il est vraiment, c'est à vous de m'écouter !

Line se mit à pleurer. Le pit-bull l'arracha du grillage. Édouard se sentit bouillonner et voulut se jeter sur la clôture pour la déchiqueter. Mais brutalement, deux clébards au poitrail puissant vinrent l'enserrer de leurs bras et le couchèrent de force. Édouard se débattit en hurlant, tout en ayant la sensation terrifiante que ce n'était pas lui qui criait.

— Le Monde est un miroir sans tain, Line ! Il faut passer de l'autre côté pour le comprendre ! Tu es prisonnière d'un mirage ! Ouvre les yeux ! Ouvre ta tête, Line ! Vite ! Vite avant qu'il ne te bouffe !

Pendant qu'on cherchait à maîtriser une partie de lui, « l'autre Édouard » vit Line s'éloigner. Elle se retournait continuellement, en larmes, pendant qu'il continuait à hurler. Il entendait cette voix rauque comme si elle n'était pas la sienne et ne comprenait pas un traître mot des phrases ineptes qu'elle braillait. Plaqué à terre, la joue collée contre les pétales des cerisiers meurtris, il regarda Line monter dans une voiture et le pit-bull prendre le volant ! Depuis quand les chiens avaient-ils le permis ? Puis il vit le véhicule disparaître et comprit que tous les congénères de Line s'étaient arrêtés de marcher et l'observaient comme s'il était plus cinglé qu'eux…

On le releva. Il avait les mains attachées dans le dos. On le ramena de force vers le bâtiment qui se trouvait derrière les cerisiers et c'est là qu'il comprit. Il comprit qu'on ne pouvait pas être conscient et sain d'esprit, dans un monde de folie. On ne pouvait pas avoir saisi toute son ineptie, sans sombrer avec lui. La folie était partout, finalement. Partout…

Ce trait de génie éteignit le feu d'Édouard tel un jet de glace. Il retrouva son calme et se laissa reconduire dans sa chambre sans opposition. Là, dans la blancheur immaculée des draps, des murs et des substances dissoutes dans l'eau transparente, il retrouva les cerisiers en fleurs et leur halo de bonheur, avant de plonger à nouveau dans le néant. Le néant où, un jour, il emmènerait Line définitivement.

Se souvenir est facile pour ceux qui ont de la mémoire,
oublier est difficile pour ceux qui ont du cœur.
Gabriel Garcia Márquez

SA VIE EN DÉPENDAIT

Gaël ROZAIRE

*U*n bonhomme sans mains, entouré d'un cercle noir. Le trait est tremblant. Fichu dessin.

Ce soir, on a mangé des pâtes. J'étais contente, car maman sait que j'aime beaucoup les pâtes. Surtout avec de la sauce tomate et du fromage dessus, plein de fromage. Ça fait des fils jusqu'au ciel et on dirait du chewing-gum dans la bouche. Mais maman m'a grondée, elle dit qu'il ne faut pas jouer avec la nourriture, que ce n'est pas bien. De toute façon, elle me gronde toujours. On doit penser à ceux qui n'ont pas à manger. Moi, je m'en fiche, je ne les connais même pas. On était toutes les deux avec maman, dans la cuisine. D'habitude, elle rigole. Pas ce soir, elle était toute triste et je ne sais pas pourquoi. Alors moi aussi j'étais un peu triste, du coup. Maman a bu beaucoup de vin, au moins cinq ou six verres. Après, j'ai arrêté de compter. Elle m'a fait les gros yeux, je crois qu'elle n'avait vraiment pas envie de jouer, ce soir.

Je préfère mon papa, il est où mon papa, il va revenir bientôt ? Je crois qu'il est parti… Ça sert à rien de cacher des trucs aux enfants, hein, on n'est pas bête !

Tentative pour masquer un bâillement, bref regard porté sur sa montre.

On habite dans une grande maison, pas loin de l'école. Aujourd'hui, j'y ai pas été, car la maîtresse était malade. C'est nul, je n'ai pas vu mes meilleures copines, Alyson et Laure. Elles sont gentilles, même si parfois on se dispute. Laure aime pas quand je gagne à la course, alors je fais semblant d'avoir un caillou dans mes chaussures. Comme ça, elle tape la première sur le mur, ne pleure pas et reste quand même ma copine. Ah, on a aussi un jardin. Même que le voisin est venu installer une balançoire. Notre voisin, il a un chien qui aboie tout le temps. Il est chiant, lui ! Et son chien, il l'appelle… « le chien ». C'est vraiment trop bizarre. Nous, on a un chat. Je voulais lui donner comme nom « le chat », mais maman était pas d'accord. C'est ridicule, qu'elle m'a dit. Alors, on a choisi Moustache. Il joue souvent avec sa souris que je lui ai offerte pour Noël, c'est rigolo.

**

Assise au fond de sa chaise. Tête baissée, bras croisés sur le torse. Jambes qui ne cessent de gesticuler.

— Et toi, tu as un chat ?

— Oui, c'est une fille. Elle s'appelle Clochette.

— C'est trop chou. (Premier sourire sur son visage) Elle a un bébé dans son ventre ?

— Non. Elle est bien trop petite, c'est une enfant.

— Bah, moi aussi je suis petite… et je vais en avoir un.

— Pourquoi penses-tu ça ?

— (Des sanglots dans la voix) Parce que. Mais je veux pas avoir un gros ventre, moi !

— Tu veux me dire pourquoi tu n'as pas envie d'avoir un gros ventre ? S'il te plaît.

— Non. C'est notre secret, qu'elle a dit.

— OK. Et après avoir mangé les pâtes avec ta maman, qu'as-tu fait ?

— Tu le répètes pas, hein !

**

Voie sans issue. Impasse. Tenir bon. Rester calme.

Que va-t-il m'arriver maintenant ? Je n'en sais rien. Je me trouve dans un si long couloir qu'il en devient interminable. Il y a la porte du paradis, celle de l'enfer, et les autres. À quelle sauce vais-je être mangé ? Mystère. Tout est blanc, du sol au plafond, quelques marques de griffures sur les murs forment de jolies arabesques. Je suppose qu'un ange va venir me chercher, je l'espère en tout cas. Je n'ai pas honte de le dire : j'ai peur, je ne sais pas ce qui m'attend. Tout est tellement mystérieux ici. Et ce calme, si angoissant. Suis-je mort ? Peut-être. C'est ainsi que les revenants décrivent la traversée vers l'au-delà. Mais je ne vois aucune lueur au bout de ce tunnel, juste une fenêtre. Une seule, sans poignée. Étrange, tout est si étrange ici que j'ai envie de prendre mon élan et foncer le plus vite possible vers cette fenêtre. Franchir le passage, gagner un autre monde, oublier. Je reste lucide, ne vous inquiétez pas. Je sais pertinemment qu'il n'y a pas d'échappatoire, que cette fenêtre ouvre sur la voie du néant. Rester droit, la tête froide, les idées claires. Faire face à son destin. Mon destin.

Ne pas montrer sa peur. Jamais. Garder la tête haute.

Ce silence religieux, voire morbide, est brisé par un bruit de pas qui s'approchent, lentement. J'essaye vainement de contrôler le tremblement de mes jambes, elles ne m'obéissent plus. Je plaque mes mains moites sur mes genoux, elles glissent le long de mon pantalon en laine. Au loin, j'aperçois une silhouette qui s'avance, d'un pas décidé, déterminée à me rencontrer. Alors, rencontrons-nous ! J'avais raison, je suis bien au paradis. Un ange s'avance vers moi, une beauté parfaite de la nature. Une belle blonde aux cheveux longs, quelques petits reflets ombragés viennent rechausser la pâleur de son joli visage. Elle se tient droite, fière. Immédiatement, je remarque la finesse de sa bouche, cet antre délicieux en forme de cœur. Son corps – mince, je l'imagine – est malheureusement masqué derrière cette horrible blouse blanche, trop grande pour elle. Un carnet dépasse de sa poche droite, sur lequel est attaché un stylo quelconque. Ce doit être un recueil de ses étranges échanges secrets. Mais que va-t-elle penser de moi ?

Entrée de l'artiste. 10 h 30. Pile à l'heure.

« J'ai oublié mon dictaphone, ne bougez pas, je reviens », me murmure-t-elle. Sa voix est mélodieuse, relaxante, agréable à entendre. Pourquoi vouloir nous enregistrer ? Je vais devoir réfléchir par moi-même, comment fait-on… Elle repart, impossible de voir ses petites fesses. Cette étoffe de tissu forme une barrière impénétrable. Le mythe de la femme coquine en blouse blanche n'est malheureusement qu'un mythe.

Que vais-je lui dire, à cette femme ? Je n'en ai aucune idée, et je ne suis pas du genre à me confier facilement, encore moins à une inconnue ! Quel intérêt aurais-je à raconter mon insignifiante vie ? Ce n'est qu'une chercheuse de poux dans mon cerveau. Alors comme ça, elle veut simplement discuter avec moi, mais pour qui se prend-elle ? Et pourtant… Et pourtant, on ne m'en laisse pas le choix. Au pays de la liberté, c'est un comble, tu ne trouves pas ? Décision du juge, paraît-il. Lui aussi s'est laissé berner, elle est vraiment douée.

Si tu savais tout ce qu'on peut accomplir dans une vie. Parfois, au fond de tes entrailles, tu sais que c'est mal, mais tu n'as pas la force de dire non. Un simple mot de trois lettres, en apparence anodin, est capable de tout faire basculer en toi… Reste sur tes gardes, si tu ne veux pas te retrouver à ma place. Même si…

Partir ou rester. Tout stopper ou accepter. Dilemme.

J'ai chaud. Je transpire. De grosses gouttes perlent sur mon visage. Ma peau et le tissu de ma chemise ne font plus qu'un. Je dénoue ma cravate avec peine, ma main tremble de plus en plus. Toujours aucun bruit à l'horizon, les pas de ma belle créature ne résonnent plus dans ma tête fatiguée. C'est le flou total. Je ne distingue plus rien, si ce n'est cette porte bleue, apparue comme par magie, faisant face à la seule fenêtre condamnée. Elle m'appelle, m'attire vers elle pour échapper à ce lieu dont on ne ressort jamais indemne. Des fourmis dévorent mes pieds, mes jambes sont liquides et mon cœur cogne violemment dans ma poitrine. Que m'arrive-t-il ?

Je dois absolument me ressaisir, reprendre le contrôle de ce corps qui m'a lâchement abandonné. Je n'ai plus qu'un seul objectif : m'enfuir. Je dois agir rapidement, car ma tortionnaire, sous ses airs faussement inoffensifs, revient et gagne du terrain. Si Dieu a réussi à marcher sur l'eau, je peux quand même réussir à marcher sur Terre ! Les deux mains cramponnées à ma chaise inconfortable, je force sur mes bras pour me soutenir. Échec humiliant. Elles glissent à la première tentative. Je retombe sur mes fesses, comme un enfant testant ses premiers pas.

Je peux, non, je dois y arriver, bon sang ! Je me fais violence, je compte dans ma tête : un… deux… trois… et essaye en bondissant de mon siège, d'un coup. Mission accomplie avec succès, je fixe cette porte libératrice qui me tend ses bras. Ma geôlière a tout deviné, elle accélère le pas, trottine même. Si je veux sortir d'ici, il me faut remonter ce couloir sans fin, pas d'autre choix.

« Arrêtez-vous ! Nous devons nous entretenir, maintenant. » Oui, mais moi, je n'en ai pas envie. Il va falloir qu'elle le comprenne. J'en ai marre qu'on décide toujours à ma place, qu'on me dise ce que je peux faire. Désormais, je prends mon destin en main.

Évasion. Seule option pour s'en sortir. Et après ?

Pouvoir respirer l'air pollué des villes, dans ce brouhaha continu, quel bonheur ! Je cours, sans direction précise, en gardant cependant le même rythme : prendre à gauche à chaque intersection. Après avoir remonté le quartier, je finis par m'arrêter, le souffle coupé. Maintenant, je comprends pourquoi je n'aurais pas dû renoncer à mon abonnement de sport. Je me retrouve sur une place publique, noire de monde, grouillante de touristes. J'ai la sensation de revivre, d'être un homme libre depuis… Je n'arrive plus à m'en souvenir.

Et maintenant, je fais quoi ?

Qui aurait pu s'en douter, à cette époque ?

Mes amies m'ont toujours dit que j'avais les doigts d'une dentellière. C'est drôle, parce que je n'ai jamais été douée pour les travaux de couture, je ne sais même pas repriser une chaussette. Dans la vie, les apparences nous jouent de mauvais tours. J'ai remplacé l'aiguille par le piano. Enfant, je rêvais d'en posséder un. Quelle ne fut pas ma surprise en découvrant, un matin de Noël, mon premier instrument ! Il était certes d'occasion, mais je l'aimais. Je passais des heures à faire mes gammes, réviser mes cours de solfège, devant mes parents, fiers. Je peux affirmer que j'ai eu une enfance heureuse et reçu beaucoup d'amour familial.

Game over. S'enraciner dans la médiocrité.

Adolescente, je rêvais de devenir une virtuose du clavier.

Je m'imaginais souvent faisant le tour du monde pour donner des récitals, être une grande artiste, comme celles dans les magazines. Je me produis aujourd'hui dans quelques pianos-bars, sans public, sans aucune reconnaissance, sans envie. Ma musique n'était que vacarme, dans l'anonymat le plus complet.

L'avenir, c'était beaucoup mieux avant. Belle époque lointaine.

Mais un soir d'hiver glacial, ce fut la révélation. Alors que je jouais le même air de jazz, un homme ne cessait de me fixer, comme envoûté par la mélodie. Le coude gauche vissé sur la table, la paume épousant l'arrondi de sa joue rose, la tête doucement inclinée vers la droite. Il avait tous les traits d'un grand séducteur. Ses yeux étaient hypnotiques, c'est d'ailleurs la première chose qui m'a intriguée chez lui. De beaux yeux verts, tirant légèrement vers le marron, le regard pétillant, illuminé par une myriade d'étoiles. Une passerelle invisible était, à ce moment présent, en train de naître entre nous deux. Comment aurais-je pu résister à un tel personnage ? Il n'était pas là par hasard, mais venu spécialement pour moi et ma musique, j'en étais convaincue. Dans ce bar, il n'y avait plus que nous deux : il m'envoyait un doux sourire, je lui répondais par quelques notes sauvages.

Le chaton cache bien souvent une lionne…

Mon admirateur secret se révélait quelqu'un de très timide. Je me souviens m'être approchée de lui, après ma prestation transparente, et me suis assise à sa table, face à lui. Il n'a même pas remarqué ma présence et, au son d'un bonsoir sensuel, je revois parfaitement bien son coude glisser dans le vide, rattrapant de justesse sa mâchoire prête à s'écraser on ne sait trop où. J'ai ri, tellement ri qu'il en est devenu rouge de honte, le pauvre. Son air maladroit, parfois gauche, le rendait touchant. Nous avons passé toute la fin de soirée – et une bonne partie de l'aube – à discuter de tout et surtout de rien, puisque nous n'avions pas vraiment de points communs. Ce que j'affectionnais le laissait indifférent et ses centres d'intérêt m'ennuyaient. Femme au caractère bien trempé, homme tantôt candide, tantôt naïf. Le destin, pour nous, a réalisé une association des plus curieuses. Mais ne dit-on pas que les opposés s'attirent naturellement ?

Les faiblesses de l'un sont les armes de l'autre.

J'ai su, après plusieurs rendez-vous galants, que j'allais en faire mon homme idéal. Quelle femme n'a jamais songé secrètement pouvoir modeler son futur époux à sa convenance ? J'ai toujours eu ce que je désirais dans la vie, et personne ne devait entraver mon chemin. Personne. Très souvent, lorsque nous nous trouvions ensemble – au restaurant, à un spectacle ou faisant du shopping –, on le désignait comme le « jeune homme » ; alors que moi, on me collait l'étiquette d'une « madame ». Je crois, au fond de lui, que notre différence d'âge l'a toujours gêné. C'est vrai, j'ai à peine dix années de plus que lui, et alors ? Il se souciait beaucoup trop du regard des autres, de ce que les gens pouvaient bien penser à son sujet, de l'image qu'il leur renvoyait. Il souhaitait trop bien faire et ne surtout blesser personne. C'était l'une de ses grandes angoisses. Et sa volonté de trouver précisément un compromis, pour en réalité fuir les difficultés, m'enrageait au quotidien. Avec le temps, j'ai finalement appris à ne plus chercher à décoder ses manies ridicules, j'en jouais désormais. Il me tendait le bâton pour le battre, je n'allais pas m'en priver.

Trompeuses apparences. La réalité n'est pas toujours celle que l'on croit.

Petit banquier sans véritable ambition dans une agence de banlieue, comble pour la dépensière compulsive que je suis, il se devait d'être impeccable. Allez savoir : refuser un prêt à une famille dans le besoin passe peut-être plus facilement si le type planqué derrière son bureau est en chaussures cirées, plutôt qu'en baskets. L'habit ne fait pas le moine, comme dirait l'autre. Moi, je n'ai jamais eu de scrupules à associer des carreaux avec des rayures. Rompre la continuité, braver les dogmes ne m'a jamais effrayée. Mais lui, alors là… Un jour, l'un de ses collègues a eu le malheur de lui faire remarquer que sa chemise portait les stigmates d'un faux pli. Malédiction ! En rentrant du travail, il s'est précipité dans la buanderie pour réviser l'art du repassage. Un homme qui sait à quoi ressemble un fer est déjà un exploit en soi, mais qu'il l'utilise pendant près de trois heures, c'est effrayant.

— Tu es encore sur cette foutue chemise ! Laisse-la tranquille, bon sang !

— (Il baisse la tête) Oui. Je dois m'entraîner…

— T'entraîner ? Mais t'entraîner à quoi, à bobonne ? Ça fait des plombes que t'es enfermé ici.

— Je ne dois plus refaire de faux plis.

— Non, mais on est en plein délire, c'est pas possible ! (J'arrache la prise du fer, avec rage) Sors. Hors de ma vue ! J'en ai marre de tes conneries, tu le sais, ça ?

— (Des sanglots dans la voix) Pardonne-moi. Je ne recommencerai plus, c'est promis. Mais…

— Mais quoi ? Mais rien du tout. Dégage ! (Se prend une gifle au passage)

Retour en arrière heureux. Le dernier ?

Il m'exaspère. Je ne le supporte plus. Il a le don de faire pire en voulant s'améliorer. Si ça, ce n'est pas formidable… Je dois reconnaître que nous avons connu de beaux moments, lui et moi, peu après notre mariage. Il a toujours été quelqu'un de très attentionné, un compliment par-ci, un geste affectueux par-là. Lui, qui d'ordinaire ne prenait jamais d'initiatives, s'était levé un matin de printemps avec l'envie de me faire une belle surprise. Il m'a prise par la main, accompagné d'un panier au contenu bien dissimulé, et nous avons parcouru la ville, vers l'inconnu. C'était excitant ! J'étais heureuse de retrouver son délicat sourire, la tendresse de ses yeux posés sur moi, de constater qu'il ne répondait pas aux belles demoiselles le gratifiant d'un petit clin d'œil coquin. Il m'aimait, d'un amour passionné, j'étais confiante. Peu avant notre terminus mystérieux, il m'avait masqué la vue à l'aide d'un foulard, pour que la surprise puisse être totale. Après quelques minutes interminables, je pus découvrir une véritable scène de pique-nique, dans un cadre bucolique. Il avait pensé à tout : la nappe à carreaux rouge, une bonne bouteille de vin blanc, du pain frais et de petites choses aussi délicieuses les unes que les autres à picorer. Je ne sais pas pourquoi je me remémore cet instant, probablement parce qu'il sera porteur d'une mauvaise nouvelle, neuf mois après. Une petite fille, sa princesse comme il aimait l'appeler. Elle était tout pour lui, elle venait tout gâcher.

Gepetto et son Pinocchio. Une autre définition de l'amour.

Adossée à une botte de paille, je lui ai murmuré à l'oreille de me faire l'amour. Je ne pouvais plus lui résister, peut-être avais-je aussi le besoin de me rassurer, mais je ne me l'avouerai pas. La jeunesse d'une femme est aussi éphémère que les pétales d'une rose fanée. Il s'est exécuté, m'obéissant, comme trop souvent, car il a toujours su au fond de lui qu'il ne fallait jamais me contredire. Ça en devenait parfois ennuyeux, j'aurais souhaité qu'il me résiste un peu, qu'il me tienne tête davantage, qu'il ose même prononcer le mot interdit : non. Rien de tout cela. Les années avaient passé et il était devenu le bon toutou à sa mémère. Pitoyable. Ce n'était plus l'homme que j'avais jadis connu, il n'était plus rien, comme vidé de l'intérieur. Je pouvais agir à ma guise, il ne bronchait pas. Je venais de créer ma propre marionnette vivante, une prouesse technologique révolutionnaire !

Appuyer ici, ça fera très mal.

Être à découvert, pour un banquier, c'est la déchéance. Alors j'empruntais sa carte bleue pour me faire plaisir. Non pas le plaisir d'acheter une robe hors de prix que je porterais pour notre anniversaire de mariage, ou faire des folies en institut de beauté pour reconquérir le cœur de l'être tant aimé, mais simplement pour voir sa mine déconfite en découvrant son relevé bancaire. Avec du recul, j'avoue que je regrette, je regrette de n'avoir jamais pensé à immortaliser le déshonneur imprimé sur son visage par un cliché : il était si magnifique.

Je lui demandais souvent de me rapporter un bouquet de lys, mes fleurs préférées, en rentrant du bureau. Je l'accueillais avec un beau rictus, lui l'espoir que tout allait redevenir comme avant, et moi la joie de voir sa face se décomposer en me regardant, incrédule, balancer avec mépris son bouquet à la poubelle. Je ne suis pas une simple secrétaire qu'on tente de séduire ; non, je suis une femme, sa femme. Je n'ai jamais su ce que je souhaitais réellement, pas plus que ce que j'attendais de lui précisément. Il devait bêtement le deviner, ce n'était pas si compliqué !

Psychiatrie : science qui guérit les mots par des maux.

Il était sans cesse malade, la plupart du temps des gênes intestinales ou des migraines foudroyantes. L'entendre traîner des pieds, car soi-disant trop faible pour les lever, m'insupportait. Je suis certaine qu'il le faisait exprès, pour m'emmerder. Ce petit malin savait très bien que j'avais en horreur les maladies, donc il courait se réfugier chez son médecin. Une fois, ce brave docteur a même osé imaginer que son patient somatisait. Et dire que leurs conneries sont remboursées par la Sécu. Je me demande même s'il n'avait pas un petit béguin pour la jolie pharmacienne, la nouvelle, au coin de la rue. Je l'ai donc suivi, il ne m'a fallu qu'un seul instant pour découvrir son petit manège. Comment a-t-il pu me faire ça, à moi ? Souhaiter une belle journée à une autre femme, avec sympathie en prime ! La Terre ne tourne plus rond, c'est moi qui vous le dis.

— Les films pornos ne te suffisent plus, on dirait, il faut que tu fantasmes sur la pharmacienne maintenant. Tu n'as pas honte, sale porc ! (Tous les regards se tournent vers lui).

— Ça suffit. Arrête ! (Aucun son ne sort de sa bouche)

— Bah vas-y, baise-la, elle a l'air d'attendre que ça, cette garce !

— Je t'en supplie… (Prononcé trop faiblement pour être audible)

— (S'adressant à la pharmacienne, choquée) Oui, ma chère, ce pervers est marié et a même une petite fille qui attend le retour de son papa à la maison. Mais ça, il s'en cogne !

Dès qu'on remet les pendules à l'heure, la Terre a tendance à retourner dans le bon sens.

Innover. Se surpasser. Créer à l'infini.

Je suis telle l'enfant qui se lasse de son ancienne poupée et la remplace par une autre, toute neuve. Ses seuls instants de bonheur étaient avec sa fille. Il confectionnait des gâteaux pour l'école, tentait de lui transmettre sa passion pour les mathématiques et lui racontait de belles histoires le soir avant qu'elle s'endorme. Ah ça, des histoires, il savait en raconter, il n'a cessé de me mentir tout au long de sa vie ! Je ne pouvais pas supporter de les voir heureux ensemble, alors que moi je ne comptais plus. Certes, l'épreuve de la maternité m'avait rendue difforme, mais il aurait pu faire un effort. Moi, j'en accomplissais pour lui au quotidien, sans un merci en retour. Il prenait sans arrêt un air de chien battu dès que je m'approchais de lui, n'osait pas planter ses yeux dans les miens. Parfois, je me demandais même si je lui faisais peur. Je ne suis pas un monstre, mais une femme qui s'occupe de son mari, incapable de le faire par lui-même. Une épouse aimante, somme toute.

Alors j'ai décidé de lui confisquer le jouet qui me privait de la tendresse de mon mari. Elle aimait bien faire une partie de cache-cache avec son papa : elle, enfermée pendant des heures dans le placard, en train de geindre ; et lui, dans le fauteuil, inerte, juste là pour écouter. Mais ce petit jeu avait ses limites : ils avaient mis en place une stratégie, contre moi, pour s'en amuser. C'est intolérable, il savait qu'il ne fallait pas me défier ainsi. Il allait me le payer très cher !

Capituler. Le faire maintenant, après il sera trop tard.

Malgré la mesure d'éloignement, il a bravé l'interdit et est revenu à la maison. J'ai cru, dans un moment de faiblesse, que nous pourrions reprendre le cours normal de notre vie de famille. Mais monsieur en a décidé autrement, comme pour prouver qu'il pouvait être plus fort que moi. Balivernes ! Il a choisi de se pendre dans le garage, aujourd'hui ou hier, allez savoir. Me faire ça, à moi, après tout ce que j'ai sacrifié pour lui ! Sans le moindre mot d'explication, sans me demander pardon ; juste pour m'humilier, à nouveau. « Tu vois, finalement, je peux te dire merde… » semblait-il me dire, là, se dandinant au bout de sa corde. Je n'y crois pas. Sa vie n'avait plus aucun sens sans moi, elle est là, la vérité. Il ne va même pas me manquer…

Reprise et fin de l'audition. Point final.

Je suis montée dans ma chambre. Mon papa me lisait une histoire et maman écoutait. C'est bizarre, d'habitude elle vient jamais me voir quand il faut faire dodo. Le chevalier, il a gagné, j'étais trop contente, car je l'avais deviné. Il m'a fait un bisou de bonne nuit et a éteint la petite lampe en forme de soleil à côté de mon lit. Maman lui a fait les gros yeux, comme quand je jouais à compter ses verres de vin. Elle était pas trop contente, on dirait.

Alors mon papa est revenu me voir, pour me faire un nouveau bisou et me faire des chatouilles. J'ai trop rigolé, c'était marrant. Maman a appuyé sur l'interrupteur de la grande lumière et elle nous regardait jouer. Elle avait plus trop l'air en colère, car elle souriait beaucoup. Elle a dit « vas-y », mais j'ai rien compris. On ne comprend pas toujours ce que dit ma maman, c'est comme ça.

Il a mis sa main dans ma culotte, elle était toute froide, c'était pas agréable. Mon papa pleurait, alors j'ai pleuré avec lui, car il était triste. J'aimais pas du tout ce nouveau jeu, j'ai demandé qu'il s'en aille, mais il m'a répondu qu'il devait continuer. Il a rentré son doigt là où on fait pipi, ça a fait très mal, j'ai hurlé pour qu'il arrête, mais il a pas voulu. Maman est venue, elle allait me sauver, je voulais qu'elle dise à papa de partir. Elle lui a juste baissé son pantalon, en nous regardant. J'ai fermé mes yeux pour pas voir son zizi, faut pas le montrer, c'est pas bien. Elle l'a poussé et mon papa est tombé sur moi. Il a continué et elle a mis sa main pour pas que je crie. Ça m'a fait tellement bobo que je veux plus recommencer. Non, non, non. Maman riait tout le temps, alors que c'était pas drôle !

Silence apocalyptique. La caméra continue de tourner, le temps semble s'être définitivement arrêté.

*

Derniers mots. Testament. Lettre d'adieu.

Au fond de moi, j'ai toujours pensé qu'il n'y avait pas de bonnes ou de mauvaises personnes. Que l'enfance ou l'éducation ne peuvent pas tout expliquer. Conclure par la notion de schéma de répétition est, selon moi, trop simpliste. Chaque individu est unique et il faut arrêter de vouloir nous ranger dans telle ou telle catégorie. Si la voiture devant nous provoque un accident, cela signifie donc que nous allons, à notre tour, provoquer un accident de la même ampleur ?

Ça te fait rire, avoue-le.

Des êtres humains. Voilà ce que nous sommes véritablement, des êtres avec la faculté de penser, d'analyser, de comprendre, d'avoir même des émotions. Mais également avec nos moments de faiblesse, voire de détresse, d'être saisis par l'envie du renoncement, de ne plus avoir la force de nous battre ou de nous révolter, de choisir de lâcher prise, de nous abandonner, tout simplement. Et, parfois, de mauvaises intentions traversent notre esprit, une folie passagère nous pousse à commettre l'irréparable, que nous regrettons rarement.

Car il fallait le faire, ce geste détestable, en sachant que ça choquerait. Tant pis.

Qui es-tu ? Je suis peut-être toi... Mystère.

Je ne me considère pas comme un dieu ni comme un être supérieur, ou étant doté de la bonne parole. Non, je suis comme toi, toi qui me lis, et qui as sans aucun doute l'envie de vomir ou un sourire en coin lors de ta lecture. C'est bien normal et tu ne dois pas en avoir honte ou éprouver l'envie de te cacher. Les émotions sont faites pour être partagées, c'est pourquoi j'ai eu aujourd'hui le besoin de te raconter cette histoire, mon histoire.

Fais-moi la promesse de ne pas me juger ou de me condamner. Je ne demande à personne de me pardonner. Une excuse, et ensuite tout oublier ? Non, ce serait trop facile. Mon geste est désormais derrière moi, et je ne peux plus revenir en arrière. Ma douleur est au-delà de ce que tu peux imaginer, même si tu as le droit d'en douter.

« Ce que tu as commis est immonde ! » Oui, de là-haut j'ai déjà entendu cette phrase, celle que tu es peut-être en train de te dire en ce moment. Je ne pourrai jamais trancher : as-tu raison ou tort ? Ton avis est certainement évident, car tu as la possibilité d'analyser une situation après coup, en ayant tous les éléments en main. Mais moi, moi, je n'avais rien de tout cela ! C'est ce qui nous différencie, toi et moi.

Pas de place pour l'émotion. Regard objectif.

Ferme les yeux et oublie tout ce que je viens de te confier. À présent, tu as ma vie, une vie de pantin désarticulé. Toute ton existence est contrôlée par des ficelles que personne ne semble ou ne veut voir. Tu n'es plus un homme, mais une chose, une vulgaire chose dont tous les sens ont été mis sur arrêt. Tu ne maîtrises plus rien, on décide à ta place, tout t'est dicté. Tout, absolument tout.

Bien sûr, de temps en temps tu as un sursaut fébrile de lucidité, mais tu connais la règle : jamais tu ne pourras contrer cette domination qui s'exerce sur toi. Jamais !

L'ultime question. Bonne ou mauvaise réponse ?

Alors, à présent, interroge-toi : qu'aurais-tu fait à ma place, honnêtement ?

À propos des auteurs

Chacune des nouvelles de ce recueil a été écrite par un auteur ayant déjà publié au moins un roman aux Éditions Hélène Jacob.

Pour en savoir plus, rendez-vous sur la page des auteurs de notre site : http://www.editionshelenejacob.com/nos-auteurs/

Retrouvez tous les titres et l'actualité des Éditions HJ :

Sur notre site Internet :
http://www.editionshelenejacob.com

Sur Facebook :
https://www.facebook.com/EditionsHJ

Sur Twitter :
https://twitter.com/EditionsHJ

www.ingramcontent.com/pod-product-compliance
Lightning Source LLC
Chambersburg PA
CBHW051510260626
47162CB00008B/2903